漫漫古典情4

ROMANTIC CLASSICAL LITERATURE

【春秋至五代】

樸月——著

文人的那些事

好讀出版

自序

有趣、輕鬆的文學家小故事

本書所收錄的文章，是我早年在《中國語文》月刊上的一個專欄「文學家軼事」。這個專欄，是當時的「發行人」，也是我的姨父趙友培先生提出的構想。當他表示：這個專欄，想交給我來執筆的時候，我有點詫異；他當時在「師範大學」教書；事實上，《中國語文》月刊，寫作的基本「班底」，就是師大教授，和各地中小學教「國語文」的老師們。比起我這「非本科系」的人，這些出身「國文系」的教授、老師中，夠資格寫的人太多了！甚至我覺得：怎麼輪也輪不到我！

他笑著說：「你就佔了『非本科系』的便宜呀！」

「怎麼說？」

「我們的刊物裡，屬於學術性，研討性，也就是性質比較『硬』的文章比例偏高！『本科系』的優點當然很多，也不用說了。缺點是『放不開』；他們在國文系本科裡所學的太『正統』了，反而會局限了他們的思維。行規步矩的，怕犯錯，怕被別人挑毛病。可是這個專欄，我希望能寫得輕鬆一點，文字活潑一點，不要太拘泥於『學問』。你呢，算有古典文學根基的，閱讀文言文的資料沒有問題。卻沒有『師門』或『學術』框架的限制，可以自由發揮！」

接下這個專欄後，我還眞是「自由發揮」！甚至都不照「規矩」按時代先後排列！完全「跳躍」式的；想到誰，就寫誰。

原則上，姨父希望我不要寫的太「制式」；寫些比較有趣，或生活化的小故事，而不要像課本裡的「作者簡介」，或歷史「列傳」那麼嚴肅。這倒也很對我的味口；事實上，許多看來「面目嚴肅」的文學家，也有他們親和而人情味的的一面。我可以說，那時自己寫的很高興。至於別人看的怎麼樣，我就不知道，也管不著了。

這個專欄，大約寫了五年多，後來姨父去世，月刊的人事改組。因爲我的專欄都是姨父設計的，我覺得應該讓出篇幅，以便新的主管規劃屬於他自己的路線和風格，就主動「請辭」了所有的專欄，並婉拒了他們的「慰留」。

脫離了這些專欄寫作，我開創了另一片屬於「文學創作」的天空；在報章雜誌上發表散文、歷史小說等。慢慢的，把過去寫的這些「專欄」都忘了。

直到「電腦」普及，網路發展，平面媒體漸漸萎縮，能發表文章的報章雜誌相對減少。因此，我爲自己在網路上開設了個《月華清部落格》的網頁，作爲我與讀者們交流的「平台」。爲了充實《月華清》的內容，才陸續的把這些早先留存的「剪報」，一一輸入電腦，然後分門別類，貼到我的「部落格」上。

去年「好讀出版有限公司」來跟我討論出版新書計劃的時候，我請他們先到我的「部落格」上看看；如果有他們認爲適合出版的，我都可以授權。當時，他們就選定了兩個專題：「詩詞故事」，和「文學家軼事」。

列爲《漫漫古典情》之二、之三的「詩詞故事」，已陸續出版。隨即，他們與我簽了「文學家軼事」的合約。

我要求他們給我一段時間；一則，舊稿應該要重新整理、修訂。二則我也想要做些補充；因爲當時是「跳接」著寫的，不免有些疏漏；還可能疏漏了重要的人物。既然要出版，我當然希望能把這些在「文學史」上很重要，而當初漏寫的人物，補寫進去；希望這本書，能以更完整的面目呈現讀者面前。

整理之下，發現還眞缺了不少「重要」人物；自己也不知怎麼搞的，竟然李白、杜甫、韓愈都「從缺」！也許，當時我是覺得「來日方長」，慢慢總會寫到他們的。沒想到人事無常；一旦之間，這個專欄就結束了；說來，還是我親自動手「了結」的！

這些「文學巨匠」當然要補！我另外想補寫的，卻是一般比較容易忽略的人物；像被視爲「通俗文學」的元雜劇作家、明清傳奇或小說作家。他們好像處於一般人的視角之外，事實上，卻是「文學史」上不可或缺的篇章。

不是嗎？人人知道「張生」、「崔鶯鶯」、「紅娘」的故事，怎能缺了寫《西廂記》的「王實甫」？而且《西廂記》後來牽引出來的故事，更是精彩；竟有士子在深山的廟裡，看到四壁都畫著《西廂記》的人物故事！他覺得這未免太「匪夷所思」了；因為，當時《西廂記》還是被視為「淫書豔曲」，有如現在的「十八禁」，被認為「青少年不宜」的。怎能公然畫在廟裡的牆壁上！

當他提出「質問時，廟裡住持的老和尚卻說：他以此「悟道」。而令他「悟道」的一句話，是張生見到崔鶯鶯時所唱的：「怎當她臨去秋波那一轉！」

後來有位才子尤侗，用這一句為題，寫了一篇「八股文」，在清初文壇廣為流傳。甚至篤信佛教的清世祖，還拿出來跟宮中的高僧討論！一位高僧的答覆很妙，他說的是：「不風流處也風流！」

只要喜愛戲曲的，人人都知道《牡丹亭》．遊園、驚夢，尋夢、離魂中，為情而生、為情而死的杜麗娘。那寫《牡丹亭》的「湯顯祖」是誰？

講到中國四大章回小說，人人知道《水滸傳》、《三國演義》，可知道施耐庵和羅貫中是師生？《水滸傳》還曾觸怒了明太祖朱元璋，竟說「此倡亂之書也，是人胸中定有逆謀，不除之必貽大患。」認為施耐庵「心懷不軌」（就不想想，他自己不是懷有「逆謀」，「鬧革命」奪得天下的嗎？）施耐庵還因此下獄。

我們耳熟能詳，活躍於劇場的傳統故事，像〈金玉奴棒打薄情郎〉、〈賣油郎獨佔花魁女〉、〈碾玉觀音〉、〈白蛇傳〉、〈杜十娘怒沉百寶箱〉、〈喬太守亂點鴛鴦譜〉……可知道這些精彩有趣的故事，都出於「三言」（《喻世明言》、《警世通言》、

《醒世恆言》），作者是馮夢龍？

當我們讀到關漢卿自述，用最直白鮮活的話語，描述他自己是：

我是個蒸不爛、煮不熟、捶不匾、炒不爆、響璫璫的一粒銅豌豆！

能不感受到他那質樸的文字中，所表現出頑強不屈，人格的昂揚尊嚴？

當我們讀到張養浩的〈山坡羊．懷古〉：

峰巒如聚，波濤如怒，山河表裡潼關路。望西都，意踟躕，傷心秦漢經行處。宮闕萬間都做了土。興，百姓苦！亡，百姓苦！

能不感受到他字裡行間對百姓的悲憫情懷？而且他不是說說而已。他曾爲這一段文字不容於權貴，返鄉歸隱。而在關中大旱的時候，他義不容辭的受命出來做賑濟的工作，而因席不暇暖賑濟災民，最後活活累死在任內！我們能不說他是「以身殉道」的仁者？

這些人與事，也許沒有那些「文學史」上燦爛的名字響亮，爲世人所熟知。但他們眞值得我們用點時間、心力去了解，去讚嘆、去忻慕！

而寫到明清之際的文學家，我眞「捨不得」不寫那個氣節、風骨和對國家的忠愛，足可讓在那個「改朝換代」的亂世，令許多因威脅利誘而屈節仕清的「鬚眉男兒」羞死、愧死的「巾幗英豪」；明末「秦淮八豔」（柳如是、顧橫波、馬湘蘭、陳圓圓、寇白門、卞玉京、李香君、董小宛）之首的青樓名妓柳如是！不但她壯烈的愛國情操令人肅然起敬。事實上，她的詩、詞，比之當代著名的詩人，也不遑多讓！在她的軼事中，我摘選了她與當代「詩文名家」陳子龍，「文壇盟主」錢謙益唱和的詩詞，讓讀者們作個「公斷」：她夠不夠資格列入「文學家軼事」？

也因爲她的氣節，讓曾經降清當了「二臣」的錢謙益，幡然悔悟，稱病返回江南，並與她一起投入「反清復明」的大業。雖然並沒有成功，也多少洗刷了他曾經變節投降的羞辱。雖然，她去世時，已經進入「清朝」統治的階段了，我還把她歸類於「明朝文學家」，也算是向這位至死也「忠於大明」，可歌可泣的悲劇人物致敬！

我以「王國維」作這系列書的最後一個「壓卷」人物；他學貫中西；精通英文、德文、日文。在文學、美學、史學、哲學、戲劇、金石書畫、甲骨文、考古學等領域成就卓著。他自己本身也是一位當代著名的詞人。「中國文學史」上，大概不可能再出現像他這樣「偉大」的「國學大師」了！

有獨無偶，他一直忠於清朝，甚至連「末代皇帝」溥儀都已剪辮了，他卻至死都拖著清朝的辮子，最後自沉於頤和園的昆明湖。死因中的一說，是「屍諫」溥儀不要流亡日本。若此說成立，可說他是爲已亡了國的清朝「小朝廷」以身相殉。也因此：雖然他死時已進入了民國，我仍把他列爲「清朝文學家」；這應該也是他所期待的歷史定位吧？

當然，寫這樣的書，是不可能「完備」的；比如，我寫了「施耐庵」、「羅貫中」，就是沒寫「曹雪芹」。因爲，直到今日，這個人物也還是「煙雲模糊」，聚訟紛紜，沒有定論的！

而且，從古到今的「文學家」實在太多了，是不可能「求全」的！其間的取捨，應該也可以屬於作家「自由心證」的「權利」範圍吧？

目次

◇晉

◇唐

◇五代十國

詩人鼻祖——屈原

詩人鼻祖

中國有「詩」，可上溯至遠古。且在周代即有采「風」（民間歌謠）之官。至春秋之世，更有孔子刪定出的「標準本」——《詩經》（在當時只稱《詩》）。只是《詩經》作者，大都「不可考」。民間口耳傳唱，必也不斷改變其原始面貌，無法追究「版權」誰屬。也因此，「詩人鼻祖」的榮冠，就落到時代雖較《詩經》爲晚，但「著作權」卻確定無疑。且人格、文章均足爲後世頂禮推崇的屈原頭上了。屈原也絕對當得起這分尊榮！

後世對各家詩人，或褒獎，或讚譽，或批評、或議論，總也不免有些「見仁見智」的褒貶。唯對屈原，卻似乎是眾口一辭，推崇備至。不論誰寫「中國文學史」，都絕不會漏掉屈原其人，〈離騷〉其文。他在中國文學史上的地位，鞏固如磐石，亦如北辰，眾星拱之！

少年得志，不容於物

屈原，名平。「屈」是以先祖「封地」為姓。「原」則是他的字。與楚國的王室同宗，原本是楚王家族的宗室親貴。《史記》稱他：「博聞彊志，明於治亂，嫺於辭令」。據推算，他為楚懷王左徒時，才二十六歲左右，可知其「少年得志」。

少年得志的人，眼高於頂，目空一切，是正常的現象。更何況屈原本身不論才學、能力，均足自負。再加上他本身又是「好脩以為常」，具有「精神潔癖」的人。無形中的優越感，使他「水至清，澤無魚」，容不下一點卑污，自然也為「群小」所不容。乃有為上官大夫靳尚，和令尹子蘭一再讒害，終致懷沙自沉於汨羅的悲劇終局。

古今第一長詩〈離騷〉

講到「長詩」，一般人容易想到〈長恨歌〉、〈秦婦吟〉、〈孔雀東南飛〉等，〈長恨歌〉長八百四十字，〈秦婦吟〉長一千三百八十六字。〈孔雀東南飛〉長一千七百六十五字。而〈離騷〉，長達二千四百九十字！尤其可稱述的，前列三首長詩，都是「敘事詩」；有一個故事，或一個時代為背景，自然易於鋪陳。而〈離騷〉，卻是一首「抒情詩」。從頭到尾，只抒一己之情，言一己之志。其辭藻之贍美，心境之沉痛，忠愛纏綿，血淚交織。千古以下，還沒有一人能與匹敵！

政治犧牲者

屈原之受讒，雖然因他耿介高潔，全不管「人際關係」。是非黑白分明，不肯假人辭色。因此，在受命草憲令時，便被上官大夫中傷去職。另一方面，卻與整個大時代政局，息息相關。

那時，正值戰國時代。雖號稱「戰國七雄」，實則最有分量的只有秦、楚、齊三國。合縱、連橫，見仁見智。楚國的動態，舉足輕重。國中亦分兩派，屈原對秦國始終懷有戒心，力主「合縱」親齊。而他的「政敵」，包括懷王的寵姬鄭袖、愛子子蘭、倖臣靳尚，都暗中受秦收買。所以偏向「連橫」，主張親秦。這一點由張儀一再賣楚，楚懷王原本恨得寧可拒秦割漢中之地，而要張儀之頭。而張儀入楚，卻能憑「三寸不爛之舌」，加上鄭袖等「關說」，便縱張儀揚長而去可知。

懷王因不聽屈原之諫，貿然入秦，終死於秦。照說「父仇不共戴天」，而頃襄王即位，仍重用親秦的子蘭、靳尚，而流放有「先見之明」的屈原。便可知讒屈原者，固不全然只因屈原耿介孤高的「個人恩怨」。屈原的〈離騷〉也不僅傷個人際遇，更懷有無比沉重的憂國之情：

……余既滋蘭之九畹兮，又樹蕙之百畝。畦留夷與揭車兮，雜杜衡與芳芷。冀枝葉之峻茂兮，願竢時乎吾將刈。雖萎絕其亦何傷兮，哀眾芳之蕪穢……

……長太息以掩涕兮，哀民生之多艱；余雖好修姱以鞿羈兮，謇朝誶而夕替。既替余以蕙纕兮，又申之以攬茝；亦余心之所善兮，雖九死其猶未悔！

唯美文學，神仙世界

《詩經》不能說不美，但與〈離騷〉相比，便覺質樸。其二者之比，猶如詞中之「豪放」、「婉約」。前者直抒，後者曲婉。以文字的「唯美」而言，〈離騷〉也當得中國文學中的第一名。唯美文學，亦由此肇端。只是後世只學得皮毛，專講辭藻修飾。有文無質，便覺空洞。而〈離騷〉卻出自肺腑，寄託遙深，不僅文字唯美而已。

而屈原作品中，另一特色，是爲我們開啓了一個繽紛陸離，目不暇接的神仙世界。〈九歌〉本爲「祭神」之歌，自不待言。其他作品中，也有大量的神祇、奇花、異卉、靈獸、仙禽……令人目眩神迷。以〈湘君〉爲例：

君不行兮夷猶，蹇誰留兮中洲？美要眇兮宜修，沛吾乘兮桂舟。令沅湘兮無波，使江水兮安流。望夫君兮未來，吹參差兮誰思？

駕飛龍兮北征，邅吾道兮洞庭。薜荔柏兮蕙綢，蓀橈兮蘭旌。望涔陽兮極浦，橫大江兮揚靈。揚靈兮未極，女嬋媛兮為余太息。橫流涕兮潺湲，隱思君兮陫側。

桂櫂兮蘭枻，斲冰兮積雪。采薜荔兮水中，搴芙蓉兮木末。心不同兮媒勞，恩不甚兮輕絕。石瀨兮淺淺，飛龍兮翩翩。交不忠兮怨長，期不信兮告余以不閒。

朝騁騖兮江皋，夕弭節兮北渚。鳥次兮屋上，水周兮堂下。捐余玦兮江中，遺余佩兮醴浦。采芳洲兮杜若，將以遺兮下女。時不可兮再得，聊逍遙兮容與。

而〈天問〉更揭開了遠古歷史神話的帷幕，爲後人留下豐厚的文學與史學遺產。

詩人有節弔詩人

五月五日龍舟競渡，包角黍（粽子），相傳都爲了紀念屈原。雖然後人已有懷疑，而覺得此說荒謬。如南宋劉克莊〈賀新郎〉後片：「……靈均標致高如許。憶生平，既紉蘭佩，更懷椒醑。誰信騷魂千載後，波底垂涎角黍……」

但，這一說法，仍是流傳最廣，且最深植人心的。

比起來，也許把這一天訂爲「詩人節」，還比較可安慰屈原孤忠赤忱吧？

然而，後世詩人，又有多少能在擊缽聯吟之餘，緬懷屈原高潔的精神，而不僅紉蘭佩蕙，習其表相呢！

美男子代表——宋玉——

香火承傳

宋玉，亦爲楚人。或說，是屈原弟子。若廣義而言，應可成立；其文風與屈原一脈相承，至少可算得「私淑弟子」。被列在他名下的作品〈九辯〉、〈招魂〉，均足承〈離騷〉香火。乃至後人，對某些作品的作者歸屈、歸宋，爭議不休。如〈九辯〉：

> 悲哉！秋之為氣也，蕭瑟兮草木搖落而變衰。憭慄兮若在遠行，登山臨水兮送將歸。泬寥兮天高而氣清，寂寥兮收潦而水清。憯悽增欷兮薄寒之中人；愴怳懭悢兮去故而就新。坎廩兮貧士失職而志不平。廓落兮羈旅而無友生，惆悵兮而私自憐。燕翩翩其辭歸兮，蟬寂寞而無聲。雁廱廱而南遊兮，鵾雞啁哳而悲鳴。獨申旦而不寐兮，哀蟋蟀之宵征。時亹亹而過中兮，蹇淹留而無成……

後世坎坷失志之士引爲共鳴。而文中所表現的蕭瑟慄冽，實也令人於心戚戚。後人以

「屈宋」並稱，也非無因。

風流倜儻美男子

據記載，宋玉應是個風度翩翩的「俊男」。其〈登徒子好色賦〉、〈對楚王問〉，雖後世人對是否宋玉「原作」，或後人追記宋玉事跡而作，亦有爭議。但列爲「宋玉故事」，大約可信。則其丰儀俊美，風流倜儻，顧盼自賞的神態，宛然可見。後人以宋玉、潘安爲「美男子」代表人物，也是其來有自。

此二賦共同特色，爲力言自己如何得美女垂青，而力拒「誘惑」。頗以「坐懷不亂」自許。然則，自言「不好色」之餘，以登徒子妻醜陋，而生五子，指登徒子好色，則不免既謔且虐，有些惡濫了。

高唐神女至今疑

凡是略識之無的國人，對宋玉〈高唐賦〉中：「旦為朝雲，暮為行雨，朝朝暮暮，陽臺之下」之句，都不陌生。此二賦，是否如後人解譬，是出於諷諫，難以定論。但此二賦實可說是開「情色文學」之先河。如三國曹植之〈洛神賦〉，亦可以說是〈高唐賦〉、〈神女賦〉影響下的產物。

若說「諷諫」，宋玉作品中以〈風賦〉最足當之。他在楚王欣欣然披襟享受舒適涼風之際，以「此獨大王之風耳，庶人安得而共之！」一針見血，足爲上位者不食人間煙火，更不知民生疾苦，稼穡艱難者鑑！

偷西王母仙桃的仙人——東方朔——

玩世不恭，吹牛膨風

東方朔，字曼倩，漢代平原（今山東平原）人。以今日看來，他從小就是個想像力豐富，古靈精怪，頑皮跳脫的孩子。據《神仙傳》記載，他有一次出遊，一年才回來，他哥哥問他，怎麼出去了那麼久，他一臉的無辜：「我到東海去玩，海水把我的衣服染成紫色的了。我沒有辦法，只好到虞淵去洗。也不過去了一天，怎麼說我去了一年呢？」

古代人的觀念是「天上一天，人間一年」。他的意思，不正是說他到的是天上嗎？

他「膨風」的專長，遇到了好大喜功的漢武帝，可是碰對「知音」了。那時，漢武帝剛即位，下詔徵方正賢良，和文學之士。各路人馬，紛紛上書自薦，都不合漢武帝的意。東方朔也寫了一篇文章自薦：

臣朔少失父母，長養兄嫂。年十三學書，三冬，文史足用。十五學擊劍。十六學《詩》《書》，誦二十二萬言。十九學孫吳兵法，戰陣之具，鉦鼓之教，亦誦二十二萬言。凡臣朔固已誦四十四萬言。又常服子路之言。臣朔年二十二，長九尺三寸，目若懸珠，齒若編貝，勇若孟賁，捷若慶忌，廉若鮑叔，信若尾生。若此，可以為天子大臣矣。臣朔昧死再拜以聞。

譯成白話，是：「臣，東方朔，自幼喪父母，靠兄嫂教養成人。我十二歲的時候，開始讀書。三年，就精通文史，運用自如。十五歲學擊劍，十六歲學詩書，能把讀過的二十二萬字倒背如流。十九歲學孫、吳兵法，各種陳兵列陣的兵法、戰技，無不精通。會背的兵書，也有二十二萬字。總共我肚子裡裝的書，已有四十四萬字了。我又最服膺子路，忠心勇敢，寧死不屈。臣今年二十二歲了，身長九尺三寸，眼睛像明珠懸掛，牙齒像玉貝編成；勇敢像孟賁，矯捷像慶忌；清廉像鮑叔，誠信像尾生。像我這樣的人，該可以給天子做大臣了吧？」

他的誇張，偏投合了漢武帝的口味，嘉獎他有勇氣，而令他做了「待詔公車」的官。

自力救濟，抗議不公

「待詔公車」的性質，類似「顧問」。但「待詔公車」的地位並不高，雖有「顧問」之名，還得等皇帝想到什麼才召見，所以稱「待詔」。

東方朔做了待詔公車，並沒有得到武帝的重用，久久也不曾傳見他。反而一些弄臣侏儒，還有比較多與皇帝見面的機會。而且他的薪俸甚薄，與這些陪皇帝嬉戲的侏儒同一等級。令他很是不平。

有一天，他遇到一群侏儒，恐嚇他們說：「陛下覺得養你們這些人，什麼也不能做，一點用都沒有！決定把你們通通殺掉。」

侏儒們聽說，嚇壞了，都大哭了起來。求他出主意救他們，他說：「又不是我要殺你們的，你們跟我哭有什麼用？還是等陛下來的時候，向他叩頭請罪，求他饒赦吧。」

侏儒們信以爲眞。果然見到漢武帝時，就圍著他叩頭，哭哭啼啼的求饒。漢武帝一頭霧水，問他們怎麼回事？他們說：「東方待詔說，陛下嫌我們沒用，要把我們全部殺掉。」

漢武帝知道東方朔一向花樣多，就把他叫來，問他爲什麼嚇唬侏儒？東方朔說：「我只是有話要說；不如此，到不了陛下面前。反正說也是死，不說也是死，當然得說！侏儒身長只有三尺，薪俸是一袋米糧，二百四十錢。臣，身高九尺多，足有他們的三倍。薪俸也是一袋米糧，二百四十錢。他們個子小，這些錢糧吃得撐死了。我呢，這麼高大，這一點俸祿，那吃得飽？都快餓死了！如果陛下認爲臣還可用，就請破格重用臣。不然，就請罷了臣的官吧，也省得臣在長安佔著官職吃閒飯！」

皇帝聽了大笑，升他爲「金馬門待詔」，等於「高級顧問」。地位和待遇高多了，也比較有機會親近皇帝了。這是他「自力救濟」的成果呢。

自行割肉，歸遺細君

一年的夏天，皇帝賜侍從官肉。按規矩，得等大官丞來分配。但侍從官們等了半天，大官丞也不來。大家都心裡著急，可也沒有辦法。

東方朔不耐煩了，走向前，向同僚說：「大熱天，肉是會腐敗的！應該早點拿回家去。來，讓我們領受賜肉吧！」

說罷，拔出劍來，老實不客氣的，自己割下了一塊，拿了就走。大官丞來了，知道這情形，大怒，一狀告到皇帝那裡。皇帝召東方朔，叫他自責：「你自己說，你該當何罪吧！」

東方朔說：「朔來！朔來！你受賜不待詔，多麼無禮呀！拔劍割肉，多麼壯烈呀！割得不多，多麼清廉呀！把肉帶回家與細君（妻子）分享，又多麼仁慈呀！」

漢武帝爲之大笑：「叫你自責，你反自稱自讚了一番！」一高興，又賜他酒肉：「你再帶回去與你的『細君』分享吧！」

其實，東方朔並不只希望做個逗趣的俳優弄臣，他也有他的政治抱負和理想。也曾直言忠諫，希望得到漢武帝的重用。但，也許一個人給人的第一印象，往往就此在別人心目中「定位」了。漢武帝喜歡的，似乎是他的諧趣，而不重視他的政治才能。也因此，他作了

〈答客難〉與〈非有先生論〉兩篇文章，來寄託失意之情。說來，也是一種悲哀吧？

神話傳說

有民間傳說中，東方朔是有「來歷」的；他並非塵世中人，而是神仙下凡，遊戲人間。相傳：

在西漢元封元年，西王母曾帶領神仙們前來朝賀，送給漢武帝七枚蟠桃。漢武帝想留下種子來種。西王母說：「這是天上仙桃，世間所無。三千年才結實一次。」

正巧東方朔在窗外偷看，西王母指著他說：「這個小子，已偷過我三次蟠桃了。」

東方朔常在喝醉酒的時候，說些別人認爲瘋瘋顛顛的話。他常說：「我是因爲世間太混亂了，才避世在金馬門裡。宮殿是隱居的好地方，何必一定要隱居在深山大澤呢？」

他臨死時，對人說：「天下沒有人知道我的來歷。只有大伍公知道！」

此言傳到皇帝耳朵裡，派人找了大伍公來。大伍公卻矢口否認他知道東方朔的來歷：「我只是一個觀察星象的人，那知道他什麼來歷？」

漢武帝心中一動，問：「你觀察星象，可發現有什麼異狀沒有？」

大伍公道：「我發現天上群星都在。只有歲星，不見了四十年，最近才又出現了。」

漢武帝嘆了口氣：「這就對了！他二十二歲入仕，在我身邊，長達十八年，正好是四十年。原來他是歲星下凡的，我卻一直不知道！」

當然，這些只是無稽之談。在司馬遷的《史記》中，他的事蹟也列在〈滑稽列傳〉中。想來，這一定不合他的意願。但不管東方朔願不願意，他的「歷史定位」，還是一個詼諧機智的代表人物！

演戲演到人財兩得

—司馬相如—

慕藺相如，更名「相如」

古人命名的程序是：幼年時只有「小名」。稍長，才正式命「名」。這也是士族出身的，或有宗族世譜的家族才有。一般市井鄉野的庶民，就沒這麼講究了；稱小名，稱排行都很普遍。到了「冠年」（男子二十歲），因「名」取「字」，以便讓人稱呼；古人的觀念，視「直呼其名」為無禮之事。未成年的小孩子無所謂。男人到了成年，就不宜直稱他的「名」，而改稱「字」以示尊重。不像現代，連對尊長也可以「連名帶姓」的直稱。

以這一程序而言，司馬相如的小名叫「犬子」。稍長讀書，因慕藺相如之爲人，乃更名爲「相如」，字長卿。從他自己改名「相如」一事來看，他實在心懷大志，並不僅只想以文章傳名的。說來，這也是另一種「不遇」吧！

王吉編劇，相如主演

司馬相如本爲漢景帝的武騎常侍。景帝不好辭賦，無以施展才華。而投靠了好文愛士的梁孝王門下。作〈子虛賦〉，極爲梁孝王稱賞。但好景不常，梁孝王薨，門下這些「清客」，頓失倚靠，只有各求生路。

他宦遊時，有一知交好友王吉，當時爲臨邛令。見他窮愁潦倒，有意幫忙，就邀他到臨邛作客。臨邛頗多富室，王吉想替司馬相如「打秋風」。可是，他深諳人性弱點：若姿態太低，人家反而看不起。就算肯拿錢出來，也會像「施捨」似的，拿幾個小錢「打發」了事。反之，姿態越高，架子越大，別人越是唯恐巴結不上的來奉承，以厚禮甘辭前來結交。因此，「編」了一齣戲，演給那些「富室」看。

司馬相如到了臨邛，住在都亭的館舍中。縣令王吉，天天親自到館舍去請安問候。司馬相如一開始，還接見他，寒暄幾句。後來，王吉前去，卻是僮僕出來謝客：「司馬先生身體不舒服，不便相見，請回吧。」

王吉做出一副誠惶誠恐的樣子，對司馬相如更爲恭謹尊敬。

不多久，臨邛所有的富室都知道：臨邛來了一位「貴客」，連縣令都如此謙恭執禮。那，若能請到這位貴賓爲座上客，豈不是極爲光彩體面的事？亦可以傲視群儕。

臨邛首富卓王孫，特別設宴相請。同時還請了包括縣令王吉在內的一百多人爲陪客。陪客都到齊了，只有主客沒來。縣令王吉也不敢先吃，親自去請，才把「男主角」司馬相如請「出場」來。這一來，使滿座賓主更爲之傾倒。司馬相如因而身價百倍。王吉的「編劇」手法，是不是堪稱「高明」？

引「郎」入室，琴挑文君

卓王孫見到貴客玉趾光降，面上有光。格外殷勤接待，奉爲上賓。豈知，司馬相如此來，不懷好意！

他早由王吉口中聽說：卓王孫有個女兒卓文君，絕色而新寡，回到娘家，倚父母居住。文君識詩書，通音律，好撫琴。不但是個美女，還是個才女。因比，拿定主意：「琴挑」文君芳心。他知道，女眷們雖然不會在宴會中露面，必然會藏在簾後偷看。所以，當主人請他表演時，他彈唱了一曲〈鳳求凰〉；相傳〈鳳求凰〉有兩段「歌詞」：

有一美人兮，見之不忘。一日不見兮，思之如狂。鳳飛翱翔兮，四海求凰。無奈佳人兮，不在東牆。將琴代語兮，聊寫衷腸。何日見許兮，慰我彷徨。願言配德兮，攜手相將。不得於飛兮，使我淪亡。

鳳兮鳳兮歸故鄉，翱翔四海求其凰。時未遇兮無所將，何悟今兮升斯堂。有豔淑女在閨房，室邇人遐毒我腸。何緣交頸為鴛鴦，胡頡頏兮共翱翔！凰兮凰兮從我棲，得托孳尾永為妃。交情通意心和諧，中夜相從知者誰。雙翼俱起翻高飛，無感我思使余悲。

文君果爲琴中曲〈鳳求凰〉之意所動，夤夜私奔。相如大喜，攜著文君，連夜馳歸成都，結爲夫婦。

家徒壁立，文君當鑪

千金大小姐出身的卓文君，來到了司馬相如家，才驚訝的發現：在臨邛神氣活現的司馬相如，家貧如洗！所謂的「家」，除了四面牆支著屋頂，啥也沒有！而她也知道，自己如此私奔，老父是絕對不肯原諒的，別想得到娘家任何接濟！

這樣窮苦的日子，她實在是過不下去。於是想到一個「將」老父一「軍」的計策。她和司馬相如，回到臨邛。把所有家當典賣，開了一家小酒鋪。相如充當酒保，文君自任女侍，公然做起賣酒的生意來。臨邛首富的千金小姐當鑪賣酒！馬上成了當時的「頭條八卦新聞」，轟動了臨邛。羞得愛面子的卓王孫，連大門都不敢出！

文君的兄弟，念在手足之情，又同情文君的貧困，力勸卓王孫。卓王孫的兄弟也勸他：「司馬長卿雖貧窮，卻很有才華，是可以倚靠終身的。而且，他還是縣令的貴客，也不辱沒我們卓家。又何必逼得他們拋頭露面，受此屈辱呢？」

卓王孫無奈，只好把文君舊日的嫁妝送還她，又送了她錢百萬，僮僕百人。司馬相如這一下算是「人財兩得」，風風光光的回到成都，買田買地，儼然富翁了。

嚴格說來，這實在是無行且無風骨的行爲。文章再好，人品上已有瑕疵。

皇帝識才，一步登天

景帝駕崩，武帝登基。他是個喜愛辭賦的皇帝。當他讀到當年司馬相如爲梁孝王作的〈子虛賦〉驚爲天人。嘆道：「可惜，我不能與此人同時！」

正巧，司馬相如的同鄉楊得意爲宮中的狗監，正在一旁伺候。聽武帝這麼說，稟道：「這並不是古人的文章；是臣的同鄉司馬相如作的！」

武帝大喜，立即召見。相如又獻〈上林賦〉，寫天子遊獵。比〈子虛賦〉的文字更富麗華贍幾倍。漢武帝因而拜他爲「郎」。

不久，巴蜀因官員處置不當，發生動盪。武帝派他持節前往。他作〈告巴蜀民檄〉以安民心。一時，西南夷的酋長們，都來通使，願爲漢家臣妾。這一番入蜀，排場之盛大風光，使卓王孫不由佩服文君的眼光不凡，又分一大筆家財給文君。文君至此可算是揚眉吐氣了！

〈長門〉一賦，黃金百斤

陳阿嬌本是漢武帝劉徹的表姐。她的母親是漢景帝的姐姐館陶長公主。當漢武帝幼年時，館陶長公主把他抱在膝上，指著陳阿嬌逗他說：「把阿嬌給你做媳婦好不好？」

他答：「若得阿嬌，當以金屋貯之。」

這就是「金屋藏嬌」典故的由來。後來，他果然在姑母館陶長公主的安排下，娶了阿嬌為妻。登基之後，立為皇后。

陳阿嬌出身高貴，又被母親寵慣壞了，非常嬌縱任性。更何況，漢武帝是她的母親館陶長公主想辦法讓他哥哥被廢，才立他為太子，是有「擁立」之功的，更自尊自貴，嬌貴傲慢，不太把這個皇帝「弟弟」放在眼中。

她自己不孕無子，卻又醋勁十足，容不下其他的後宮美人。讓朝野都很為漢武帝無嗣擔心。後來漢武帝在姐姐平陽公主家，臨幸能歌善舞的美人衛子夫，將她接回宮中。衛子夫懷孕，陳阿嬌妒恨之下，乃至在宮中請女巫作法，想害死衛子夫。漢武帝為之大怒，廢去她的后位，立衛子夫為后。她因嬌妒而失寵，冷落長門宮，幽怨欲絕。

陳阿嬌聽說武帝喜愛司馬相如的「賦」，以黃金百斤為「潤筆」，請司馬相如為她「代言」，以挽回帝心。司馬相如乃為她作了〈長門賦〉，試舉末段：

忽寢寐而夢想兮，魄若君之在旁。惕寤覺而無見兮，魂迋迋若有亡。眾雞鳴而愁予兮，起視月之精光。觀眾星之行列兮，畢昴出於東方。望中庭之藹藹兮，若季秋之降霜。夜曼曼其若歲兮，懷鬱鬱其不可再更。澹偃蹇而待曙兮，荒亭亭而復明。妾人竊自悲兮，究年歲而不敢忘。

賦中寫盡了陳阿嬌冷落長門宮的幽怨，與對皇帝恩寵的切望。終於以「文字魅力」感動了漢武帝，陳阿嬌得以重見臨幸。

良心發現〈白頭吟〉

司馬相如能代言陳阿嬌的幽怨，自己卻因移情別戀，想要納妾，傷了卓文君的心。卓文君乃仿效他的「故智」，自己寫下了一首〈白頭吟〉寄給他：

皚如山上雪，皎若雲間月，聞君有兩意，故來相決絕。今日斗酒會，明旦溝水頭，躞蹀御溝上，溝水東西流。淒淒復淒淒，嫁娶不須啼。願得一心人，白頭不相離。竹竿何嫋嫋，魚尾何簁簁。男兒重意氣，何用錢刀為？

司馬相如見了，想起當年情事，心中十分慚愧。也因而打消了納妾的念頭，總還算還有點良心。

妙解音律的父女——蔡邕、蔡琰——

校正經書，嘉惠學子

蔡邕，是東漢陳留（今河南開封附近）人。以辭賦文章，而且本身又是大書法家、大音樂家，名重一時。他的學問根基，更是深厚淵博，爲時人所推重，堪稱「一代宗師」。他生性淡泊，無意出仕。但朝廷再三徵召，雖然兩次三番稱病推托，終究不免。受封郎中，校古籍經書。

當時流傳的經書，經幾代輾轉傳抄，舛誤甚多。蔡邕乃一一加以訂正，並親自書寫，由石匠刻成石碑，立於太學前，供學子觀摩。當時的讀書人，聽說此事，紛紛擁到洛陽。觀看摹寫，動輒數以千計，竟使途爲之塞。蔡邕「經學大家」之名，更是不逕而走。當日〈熹平石經〉殘片，現在還保存在臺北的「歷史博物館」中。

一生坎坷，身後蒙

《琵琶記》趙五娘的故事，民間廣爲流傳，家喻戶曉。劇中的男主角，人人知道，是

「蔡伯喈」。而「伯喈」正是蔡邕的字！在劇中，他高中狀元，招贅相府。到最後二美團圓，好不風光！而現實中的蔡邕，卻坎坷一生。漢靈帝時，爲皇帝親信的宦官掌握了大權，弄得政治腐敗，民不聊生。他因上書言事，爲民請命，而被掌權的宦官陷害，幾乎被殺。全家流放到朔方的五原（今包頭附近），幾乎送命。到董卓當權，又被迫出仕，身不由己。雖居高位，卻憂懼終日。

最冤枉的，卻是董卓被呂布誅殺後，他被忌才的王允，以「助逆」的罪名逮捕下獄。當時士大夫人一聽說此事，立刻奔走救援，王允卻一意孤行，導致蔡邕終死於獄中。因此留下了非常嚴重的後果；甚至說，因此而造成了日後的「三國」鼎立局面，都不爲過。

後人，不知其才學文章，和音樂、書法的造詣，也不知其坎坷不幸的身世。只知《趙五娘》中那雖出於無可奈何，卻背負著不孝、不義罪名的蔡伯喈。恐怕蔡邕在九泉之下，也啼笑皆非吧！

尤其荒謬的是：郭沫若並非無知鄉愚，卻在他的《蔡文姬》劇本中，不但說蔡文姬是「趙五娘」所生，還創造出一個姨母「趙四娘」來！

焦尾琴與柯亭笛

蔡邕不但是位經學家、文學家，也是位音樂家。除了擅於彈琴、吹笛外，辨識良材的本領更是超卓。

在流徙中，他到一個朋友家作客。僕人在爐灶中燒柴做飯，他一聽火燒木柴的爆裂聲，便知道那是一段難遇的良材。從爐灶中搶出了那塊桐木，用來製作了一張古琴，果然音色絕美。由於曾經燒過，琴尾還帶著燒焦的痕跡，便稱之爲「焦尾琴」，是中國古琴中的一張名琴。

有一次，他到柯亭去。亭上的椽，是竹製的。他偶然檯頭，看到了其中的一根，高興的說：「這是上好的笛材呀！」於是命人取下，製成了笛子。笛音清越嘹亮，無與倫比，便稱之爲「柯亭笛」了。後代以吹笛聞名的桓伊，曾擁有過這支名笛，視如拱璧呢。

詩文書法俱傳世

要特別提出的，是他在「書法」上的貢獻。他可以說是中國以毛筆、紙張寫字而聞名的第一人；也可以說他是「書法」一道的開山祖師！

他一生教了兩個弟子。一個是崔瑗，一個是他的女兒蔡琰。蔡琰傳給鍾繇，鍾繇傳給衛夫人，而中國最有成就的書法家王羲之，曾是衛夫人的弟子！

而他的詩文，也是當代大家。以詩爲例，他的〈飲馬長城窟行〉，就可說是不朽之作：

青青河邊草，綿綿思遠道。遠道不可思，夙昔夢見之。夢見在我旁，忽覺在他鄉，他鄉各異縣，展轉不相見。枯桑知天風，海水知天寒。入門各自媚，誰肯相為言！
客從遠方來，遺我雙鯉魚，呼兒烹鯉魚，中有尺素書。長跪讀素書，書中竟何如？上言加餐飯，下言長相思。

妙解音律

蔡邕妙解音律。不但自己擅長彈奏古琴，還能從音樂中，聽出演奏者的心思。

有一天，他應邀赴宴。走到門口，聽到室內傳出的琴聲，臉色一變，掉頭就走。主人聞報追出，問他緣故。他說：「你請我赴宴，你家傳出的琴聲中，卻有殺伐之音。我怎敢進去？」

主人也大惑不解，一再保證，絕沒有對他不利的意圖。並請出方才彈琴的人，一問究竟。那人想想，笑了：「剛才彈琴時，我看見一隻螳螂，準備捕蟬。蟬振翅欲飛，我心中擔心螳螂要落空了。也許，這就是您聽到的『殺伐之音』吧？」

聽了這一番解釋，蔡邕也不由失笑。主人更欽佩萬分。連彈琴人的心思，都瞞不過這位大音樂家呢！

家學淵源

蔡邕妙解音樂，他的女兒蔡琰（字文姬），從小耳濡目染，也造詣不凡。而且自幼穎悟，連她父親，都刮目相看。

有天，蔡邕在晚上彈琴，彈到一半，絃斷了一根，幼年的蔡琰，隨即從外面走進來，說：「斷的是第二絃。」她說對了！但她的父親不大相信，認爲她是正巧「矇」對而已。就叫她到室外去，自己繼續彈奏。彈到中途，故意掐斷了一根絃。蔡琰走進來說：「這回斷的是第四絃。」

蔡邕大爲詫異，仍半信半疑。蔡琰卻說：「季札觀風，便知一個國家的盛衰。師曠吹律，便知南風不競，楚必無功。由這樣看來，從音樂中，有什麼是聽不出來的呢？」

歷盡滄桑一紅顏

蔡琰不僅音樂造詣極高，且博學，能詩能文，擅長書法，又有才辯。可惜紅顏薄命，成了三嫁之婦。

她最初奉父命嫁河東衛仲道，不幸青春守寡。夫死無子，不容於夫家，只得歸寧家中，陪侍老父。後來蔡邕被董卓逼迫出仕，天下大亂。留在故鄉的她，爲亂兵所擒，流落南匈奴，被南匈奴左賢王納爲王妃。她在胡地住了十二年，並生了兩個「胡兒」。思土懷鄉之情難遣，更懸念老父安危，卻不知道蔡邕已被王允害死了。

到曹操執掌政權，中原平定。想起老朋友蔡邕早年無辜被害，沒有子嗣。聽說蔡琰流落南匈奴，便派使者，以金璧贖蔡琰返國；這個說法，只是個藉口；匈奴的「左賢王」，地位相當於漢人的「皇太子」。蔡琰並非女奴，而是太子妃，怎麼能說是「贖」？事實上，曹操是以武力爲後盾，堅持要這位故人之女回歸漢土！

這時的蔡琰，處於「兩難」的局面中，痛苦萬分。一方面，她痛念父親去世，乏人承嗣。而且自己畢竟是漢人，思土懷鄉十二年，一旦有機會生還故國，豈有不歸之理？另一方面，她與左賢夫妻十二載，已日久生情。更何況還生了兩個兒子，又如何生生割捨！

「文姬歸漢」，後世雖傳爲「佳話」，對當事人，卻是情何以堪！曹操在蔡琰歸國後，又將她嫁給同郡的董祀爲妻。在保守的世代中，三嫁之婦，眞是難以爲情。身世如此，除了說才豐命嗇，天妒紅顏，眞別無形容了。

血淚凝成悲憤詩

蔡邕家藏書萬卷，都在亂世中佚亡。蔡琰以其博學強記的才華，背誦默寫四百餘卷，呈獻曹操以表謝忱。使曹操爲之動容。

離喪之苦，家國之痛，思親念子之情，蔡琰可算是歷盡傷心了。發爲辭章，寫下震古鑠今的作品：五言〈悲憤詩〉、楚辭體〈悲憤詩〉，和有名的琴曲〈胡笳十八拍〉；幾乎一字一淚的泣訴一生遭際。時隔近兩千年的今日，讀之，仍令人爲之鼻酸。

她在五言〈悲憤詩〉中寫與「胡兒」分別的一段，寫出了慈母的心碎：

……兒前抱我頭，問我欲何之？人言母當去，豈復有還時？阿母常仁惻，今何更不慈？我尚未成人，奈何不顧思？……

孩子幾句話，眞問得令爲母者無言可對。當時，她恐怕也只有淚下如雨，無語問天了吧？

她的〈胡笳十八拍〉寫別後之情，也一樣的痛徹心肺。如第八拍：

為天有眼兮，何不見我獨漂流？為神有靈兮，何事處我天南海北頭？我不負天兮，天何配我殊匹？我不負神兮，神何殛我越荒州？製茲八拍兮擬俳優，何知曲成兮心轉愁！

對天地鬼神的不公，她發出了淒厲的質問。第十四拍：

身歸國兮兒莫之隨，心懸懸兮長如飢。四時萬物兮有盛衰，唯我愁苦兮不暫移。山高地闊兮見汝無期，更深夜闌兮夢汝來斯。夢中執手兮一喜一悲，覺後痛吾心兮無休歇時。十有四拍兮涕淚交垂，河水東流兮心是思！

「文姬歸漢」這一「佳話」的背後，是蔡琰一生的痛與淚。

偷酒前先行禮

——建安七子．孔融——

唐代李白在《宣城謝朓樓餞別校書叔雲》詩中，有：「蓬萊文章建安骨」之句。「建安骨」指的是在漢獻帝的「建安」年代，以曹氏父子爲首，與當代「建安七子」在「中國文學史」上創立的文學盛世與風格。那時代的文學，上承漢代詩賦，以「風骨」爲世所欽，且認爲：這種風格，後世已成「絕響」。

「建安七子」是當代以詩、賦、文章著名的七位人物：孔融、陳琳、王粲、徐幹、阮瑀、應瑒、劉楨。這七人，除了孔融之外，都爲曹魏的僚屬。

小時了了，大未必佳

孔融，字文舉，魯國人，孔子的二十世孫。他小時候，以「孔融讓梨」之舉，爲人稱道。父親孔伷爲太山都尉，十歲時，他隨父親到京師，當時的河南尹李膺名重天下，爲當世欽重。而他爲人處世簡約莊重，不隨意與人應酬；除非是當代與他有交情的名士或親戚，是不接見的。

孔融聽說了他的名聲，很想看看這個人是什麼樣子。就跑到他家門口求見，被門房阻檔。他仰起頭，認眞的對門房說：「我是李先生的通家子弟！」

李膺聽說，接見了他。一看，是個素不相識的小孩。就問：「請問，你的祖、父，曾跟我有什麼淵源嗎？」

孔融說：「我的先祖是孔子，與先生的先祖李老君彼此欽慕，互相視爲師友。所以，我與先生可是『累世通家』的交誼呀！」

在座的人無不稱嘆，都說他聰明！有位太中大夫陳煒來得晚，聽在座的人告訴他孔融的機智對答，很不以爲然。說：「一個人，小時候聰明秀發，長大了也未必出色！」

孔融馬上回答：「照你的話來看，你小時候一定非常聰明！」

言下之意：「你現在也不怎麼樣！」讓李膺爲之大笑：「這孩子，以後一定會非常有成就！」

可知他從小就伶牙利齒，甚至尖酸刻薄，得理不饒人。這樣的態度與言辭風格，最後也爲他帶來了殺身之禍。

義之所至，窩藏逃犯

當代，有位名士張儉，得罪了中常侍侯覽，當時這些宦官都是勢力傾天的。一道命令下去，張儉馬上成爲被通緝的要犯。

他跟孔融的哥哥孔褒有交情，就想逃到孔家藏匿。他到達的時候，孔褒正好不在家，出面接待的是才十六歲的少年孔融。他看孔融年紀那麼小，面有難色的想要告辭。孔融說：「我哥哥不在家，難道我就不能作主，來接待你嗎？」

當時就把張儉留在家裡了。後來這件事被官方偵察發覺了，官方派人包圍了孔家。張儉趁亂走脫，孔褒、孔融卻以「窩藏欽犯」的罪名被抓了。其實，當時的資訊並不發達，一開始，兄弟兩個人恐怕都並不知道張儉是「通緝犯」的事。但「窩藏欽犯」事證俱在。審問時，孔融挺身而出，說：「收留張儉的人是我！我哥哥當時根本不在家，也不知道我所做的事；這件事跟我哥哥無關！」

孔褒說：「他到我家來，是因爲跟我是朋友，來找的人也是我。我弟弟年幼無知，不是他的錯。」

而他們的母親，則出面說：「我是一家之主！家裡有事，應該是家長承當！」

一家母子、兄弟爭死，地方官不敢決定，上奏皇帝。皇帝下詔：讓孔褒抵罪，而釋放了孔母與孔融。

名滿天下孔北海

董卓廢漢室少帝劉辯，而立了他九歲的弟弟劉協（漢獻帝）爲皇帝。專橫擅權，把持朝政。孔融在朝，不時的批評朝政，與董卓對立。當時黃巾流賊造反，以「北海」爲目標。董卓就把「眼中釘」孔融派到那兒去爲「北海相」（因此，當代的人稱他爲「孔北海」）。

孔融上任之後，派兵迎擊。但賊勢猖狂，使他派出的軍隊一再敗退。事態緊急的時候，他派了太史慈到平原去向當時的「平原相」劉備求援。

劉備一聽太史慈說，是「孔北海」派來的，大驚、大喜：「孔北海先生，也知道世上有我劉備這個人嗎？」立刻派遣兵馬馳援解救了孔融；可知他在當代的聲望。

周武王把妲己賜給周公

當初，鄴城是袁紹的基地。曹操攻陷之後，曹丕就納了袁熙的妻子甄宓：當代的第一美人。孔融寫了一封信給曹操，言之鑿鑿的說：「當年，周武王滅了商紂之後，就把妲己賜給了周公。」

曹操是個喜愛讀書，以「博學」自許的人。看了這封信，奇怪自己怎麼沒看過歷史上有這種記載？就問孔融這件事的「出處」。孔融冷笑答覆說：「以今度之，想當然耳！」

他的意思是：你滅了袁紹，你兒子不就把甄宓納了嗎？從今天發生的事來推論，當初一定是這樣的！「想當然耳」之說，當然是出於對曹氏父子的諷刺。

禁酒與禁婚

當時下大亂，曹操爲了平定天下，不免到處用兵。又加上收成荒旱，五穀不登，發生了嚴重的糧荒。曹操就下令：禁止用糧食釀酒！

這個政策對不對？就當時的情況來說，讓軍民百姓有飯吃，當然比喝酒重要！但，一方面，孔融對曹操專政，而不讓漢獻帝當家作主，非常不滿，故意處處唱反調，找曹操的麻煩。另一方面，他自己是個極愛喝酒的人，曾說過：「坐上客常滿，樽中酒不空，吾無憂矣。」對他而言，有酒喝就「天下太平」！於是寫信給曹操，先是列舉從古到今，有多少聖賢都喜歡喝酒，古代任何祭祀也都少不了酒，說明酒的重要性。總歸一句話：不該禁酒！

他的「愛酒」，可說是天下「盡人皆知」。而且有個非常有趣的小故事流傳當代：他的兩個兒子，一個五歲，一個六歲，顯然也愛喝酒（這在現代來說，是違犯「十八禁」的「犯罪」行爲）。年紀這麼小，大概不會有隨意喝酒的機會。想喝酒，只好用「偷」的。

《世說新語》裡有個故事，讓人失笑：

孔融的兩個兒子，趁著老爸睡午覺，偷他放在床頭的酒喝。大兒子還眞出於「孔門」，認爲應該先行「拜」禮再喝。而小兒子答得更令人噴飯。他率直的說：「老兄！這是偷耶！『偷』不就是無禮的行爲嗎？還行什麼『禮』！」

由此可知，「愛喝酒」都成爲孔融「家傳」的傳統了；連五、六歲的幼兒都因「愛喝酒」，不惜去偷！

他一再上書連爭論、帶諷刺，認爲曹操不該下「禁酒令」。曹操自己喜好文學，基本上是器重、包容文化人的。因此還親自回信，大概舉了些古代帝王因酒誤事亡國的前例來答覆他。他接到信，氣極敗壞，又寫了更激烈的信給曹操。大義是也舉前朝之例：有因仁義而亡國的，你也不禁絕仁義！有人因推讓而亡國的，你也不禁絕推讓！最絕的是，他說：「夏、商亦以婦人失天下，今令不斷婚姻！」

把「禁酒」與「禁婚」類比。還指責曹操禁酒是爲「惜谷」；愛惜糧食！「愛惜糧食」讓百姓能吃飽也有錯？由此可知他的「無理取鬧」，和曹操對他的忍耐寬容！

狂士薦狂士

許多人都認爲曹操心胸狹窄，卻「故示寬容」。說他「心胸狹窄」，畢竟出於具有敵意的人「臆測」。而他的「寬容」，即使是「故示」，卻眞不是一般掌權主政者做得到的。

孔融非常自負，結交了一個好朋友禰衡，也是個雖然有才華，卻目無餘子，以「罵人」爲樂的狂士。他認爲天下，只有孔融和楊修還配跟他結交！說的話卻是：「除大兒孔文舉，小兒楊德祖外，別無人物！」

竟把孔融和楊修當「兒子」；而事實上，孔融比他大二十歲！孔融卻不以爲忤，把他當成「忘年交」。兩人彼此歌頌；禰衡稱孔融是「仲尼不死」，孔融稱禰衡是「顏回復生」。

孔融曾把禰衡推薦給曹操，他在見到曹操時，卻口出狂言，當面侮慢。曹操因爲他的名聲在外，不想殺他，就命他爲「鼓史」（專司擊鼓的小吏）。鼓史是有「制服」的，「當差」的時候，都要換下自己原來的穿著，穿上制服再擊鼓。

他以「鼓史」的身分上堂擊「漁陽弄」，讓聽到的人都爲之震撼。一旁有人提醒他：照規矩，他應該換上「鼓史」的制服。他就當著滿堂賓客，把自己脫得精光，再慢條斯理的換制服。曹操無可奈何，只好笑：「我是準備羞辱他的，結果卻被他羞辱了！」

這樣的作爲，連孔融都覺得太過份了；認爲他該向曹操道歉，他也同意了。到時候，卻穿著粗布衣服鞋襪來了，站在曹操大營門口，拄杖破口大罵曹操。曹操受不了，但還是不想擔「殺賢士」之名，就跟孔融說：「我不想殺他，但也不能任由他羞辱。這樣吧，我準備好良馬，把他送到劉表那兒去吧！」

孔融也不得不同意了。他到了劉表那兒，對劉表也是一樣狂妄傲慢的態度；說他對曹操專權不滿，所以開口謾罵也還「言之成理」。但對劉表也一開口就謾罵，說得過去嗎？後來，劉表也受不了，但同樣也不想背負殺他的「罪名」，就把他送給黃祖；他故態不改，依然一開口就罵。黃祖可比不得曹操、劉表的容人之量，一怒之下就把他給殺了！

相較之下，曹操的「容人之量」如何？不說是古代，就算現代，當面侮慢執政者的罪名也不輕吧？要說曹操「借刀殺人」，不如說禰衡自己「找死」！

遇曹則反，挑戰底線

許多人都認爲曹操「處心積慮」的想殺孔融。他心裡想不想殺，我們無法臆測，但他實在並不願意殺孔融！一則，是孔融具有孔子的二十世孫的尊貴身分。二則，孔融在當代具有「文壇領袖」的聲望，殺了他，對他自己絕沒有好處。也因此，他一再容忍孔融的囂張、無禮。但孔融不但不領情，還一再挑戰他容忍的「底線」。到最後，孔融終於還是「棄市」了，被殺理由，不但孔融自己無以辯解，也很難得到別人的同情。

孔融在十三歲的時候，曾因爲父親去世「哀悴過毀，扶而後起」；哀痛而得都站不起來了，而得到鄉里共認他爲「孝子」的稱譽。豈知，他最後被殺的理由，卻是言論有虧名教：「不忠不孝」！

曹操主張以「孝」治天下。他和禰衡兩人喝酒之後，竟「爲反對而反對」，大放厥詞。孔融認爲：遇到荒年，若手中有可以充飢的食物，也可以送給路人，而任由父親餓死。因爲：「父之於子，當有何親？論其本意，實為情慾發耳！子之於母，亦復奚為？信如物寄瓶中，出則離矣！」

這段話的意思，是說：父子之間有什麼關係呢？兒女不過是父親發洩情慾後的「產物」。而母親，懷孕，就像一個瓶子裡裝著東西，東西倒出來之後，與瓶子還有什麼相干？曹操是個「法家」。孔融卻是「儒家」開宗立派孔子的嫡系繼承人。而「教忠勸孝」正是儒家的「中心思想」！這種話，就在二十一世紀的今日，也讓人聽著逆耳，未必能見容於當世吧？他此言一出，算是讓曹操抓到「名正言順」殺他的罪名了！不僅如此，他還被搜查到另一則罪名：他在擔任「北海令」時，曾「招合徒眾，欲規不軌」，說：「我大聖之後，而見滅於宋。有天下者，何必卯金刀。」

意思是：連我那位大聖人的後裔孔子之祖都被宋所滅。擁有天下的，何必一定是要『卯金刀』（劉氏）呢？

不論世人如何評價曹操專權，但他一生並未篡漢自立。換言之：在名義上，當時還是「劉漢」的天下；當時的年號「建安」，也還是漢獻帝劉協的。孔融這些話，可謂「無君無父」；因此，這也成爲他被殺的罪名：「不忠」！

由他「逢曹必反」的言論，殺他的，到底是曹操，還是他「自速其死」呢？

孔融一生給人的感想是：不要把別人對自己的寬容，視爲「理所當然」應該的！也不要無止盡的考驗別人寬容的「底線」！到頭來，面對自己的「罪狀」，自己無言可對，別人也啞口無言，無可辯解！

能治癒偏頭痛的文章

——建安七子·陳琳——

痛罵曹操，竟受知遇

建安七子中的陳琳，字孔璋，是東漢末年廣陵（今江蘇揚州）人。他在東漢末年時，在大將軍何進手下當主簿。何進鑑於國事日非，宦官「十常侍」勢力大到擅政專權，廢立由心的地步。他是當朝何太后的哥哥，要求太后交出宦官由他處置。何太后不肯；也許是被宦官挾持，根本做不到。他和袁紹合謀，並召董卓的部隊進京，誅除宦官。

但陳琳認爲這麼做非常危險。等於是「掩目捕雀」，自欺欺人！不但達不到目的，還會招致大禍！何進不聽。後來果然被憤怒的宦官，假借太后名義召他入宮殺掉了。袁紹則又入宮殺了宦官。

而他引來的董卓，帶著強大的軍隊入宮，殺了何太后，廢了在位的少帝劉辯，另立劉辯的弟弟，九歲的劉協爲皇帝，專權擅政。所引發的「連鎖反應」，是各地的軍閥以「勤王」之名彼此攻伐。雖然後來董卓被呂布殺了，但「董卓之亂」業已形成，天下大亂，群雄割據，無法收拾。

天下大亂的時候，陳琳投靠追隨了袁紹。在袁紹與曹操對敵作戰時，他為袁紹寫「檄文」，對曹操「口誅筆閥」。檄文中諷刺曹操之祖「並作妖孽，饕餮放橫」，譏曹操之父「乞丐攜養，因贓假位」，更罵曹操是「贅閹遺醜」、又說他「好亂樂禍」，簡直可以說是把曹操罵得「狗血淋頭」！後來袁紹兵敗，陳琳被俘，送到曹操面前。

曹操見到他，說：「你罵我也就算了，怎麼可以連我的祖、父都一起罵呢？」對這樣曾經痛罵自己，還牽連了祖、父的「冤家對頭」，曹操卻沒有「仇人相見，分外眼紅」一殺了之。反而因為愛惜他的才華既往不究。還不念舊惡的任命他為司空軍謀祭酒，也就是當司空曹操的隨軍參謀。真可以說是「任人唯才」，器量非常人可及了。

陳琳之檄，可癒頭風

在典論文中，曹丕對陳琳的「書記表章」非常稱許。他在袁紹軍中，曾為袁紹寫檄文大罵曹操，到了曹操軍中，當然也為曹操寫檄文罵敵方了。那他的檄文好到什麼地步呢？

曹操有一種長年困擾他的痼疾：頭風；大約就是現在所說的「偏頭痛」。不定時的發作，發作起來，頭痛得死去活來。

但是他身為眞正的「執政者」，必須「日理萬機」，不得不強撐著工作。

當他「頭風」發作時，看到陳琳的檄文，竟使一直困擾著他的「頭風」霍然而癒；也許是因爲陳琳的檄文寫得太好，使他專心閱讀、稱美，而忘記了頭痛。所以他讚美說：「讀陳琳的檄文，可癒頭風！」

也眞是極高的評價了。

五言詩獨步一時

陳琳除了檄文，最重大的文學成就，是「五言詩」；在建安七子中有「五琳（陳琳）七幹（徐幹）」之譽；認爲他的五言詩和徐幹的七言詩爲當代獨步。有許多傳世之作。最著名的是〈飲馬長城窟行〉（又稱〈水寒曲〉），充滿了悲憫反戰的思想：

飲馬長城窟，水寒傷馬骨。往謂長城吏，慎莫稽留太原卒！官作自有程，舉筑諧汝聲。男兒寧當格鬥死，何能怫鬱築長城！

長城何連連，連連三千里。邊城多健少，內舍多寡婦。作書與內舍，便嫁莫留住。善待新姑嫜，時時念我故夫子！

報書往邊地，君今出語一何鄙？身在禍難中，何為稽留他家子？生男慎莫舉，生女哺用脯。君獨不見長城下，死人骸骨相撐拄？結髮行事君，慊慊心意關。明知邊地苦，賤妾何能久自全？

另一個被燒山逼出仕的人才

——建安七子·阮瑀——

放火燒山，逼迫出仕

我們都知道，「寒食節」的由來，是晉文公為了逼迫隱居於綿山的介子推出山，而放了一把火燒山。不料，清廉耿介的介子推，竟被活活燒死在山林裡。為了紀念介子推被火燒死，晉文公下令：在介子推死的這一天，家家戶戶都不許舉火燒煮食物，只能冷食。

而在歷史上，放火燒山，逼人出仕的，還不僅是晉文公；另一個放火的人就是曹操！而他要逼出來的人是「建安七子」中的阮瑀。

阮瑀，字元瑜，陳留（今河南開封）人。他與當代大儒蔡邕同鄉，曾就學於蔡邕，並讓蔡邕稱許為「奇才」！文章寫得非常好。

曹操是蔡邕的朋友，聽說有這麼一位「青年才俊」，就想羅致他出仕。阮瑀卻對他的召請不聞不問。曹操又多次派人去請，他嫌煩，就逃進山林裡。這一下把曹操惹毛了，下令放火燒山。還好，阮瑀看情況，他是逃不過了，只好就範；沒有像介子推那樣燒死在山裡。

音樂傳家，後繼有人

蔡邕，在文學史上是位「全方位」的奇人；他不但擅寫文章、詩、賦，也擅長音樂、書法。而阮瑀受教於他，不但在文章上有成就，音樂也非常擅長。

相傳，他被迫出仕後，曹操非常生氣他的「不上道」，還要被逼才肯出仕！就要他與樂工同列，在宴會中，爲賓客演奏古琴；這對文人來說，是相當羞辱的；因爲在中國古代，「樂工」的地位非常低賤，而文人彈琴，是爲怡情養性「自娛」，而不是爲了「娛人」。

有記載他當場演奏，不僅音樂的造詣讓賓客驚豔，還唱了一首恭維曹操的〈琴歌〉：

奕奕天門開。大魏應期運。青蓋巡九州。在東西人怨。士為知己死。女為悦者玩。恩義苟敷暢。他人焉能亂。

後人卻指出：阮瑀若是這樣的人，當初就不會再三推拒出仕，甚至不惜逃入山林中了！而且，這首流傳的〈琴歌〉也與歷史無法配合；阮瑀死於建安十七年，而曹操於建安十八年才被封爲「魏王」，他豈能「先知」？

以他爲了拒絕入仕，不惜遁入山林，因曹操放火燒山，才不得不被迫出仕的風骨，以當代知名的文士，被曹操羞辱，被迫與低賤的「樂工」共列，爲賓客演奏，又豈肯作那種恭維曹操到讓人感覺「肉麻」的詩，來羞辱自己？

倒是他的確擅長鼓琴，有很高的音樂造詣。而且他的兒子阮籍也擅彈琴、孫子阮咸（阮籍的侄子）則擅彈琵琶；現在國樂器中的「阮咸」就是他創製，而以他的名字命名的！這兩個阮家優秀的子孫，也都成爲晉代名家；並列入「竹林七賢」中。

馬上草檄，一字難易

阮瑀與陳琳都是曹操的書記，常爲曹操寫信、草檄。有一次，他受命爲曹操致書韓遂。當時正在行路之中，他就在馬上寫下了這封信，寫完之後，呈送給曹操過目。

我們要了解：曹操本身是一個文學家。後人曾評論：建安時代，雖然如「建安七子」的名家輩出，但還是沒人能超越曹氏父子的文學成就！可想而知，給他當「書記」，絕不是容易的事！因爲他自己不但能寫文章，而且是當代名家，一定很「龜毛」難搞！對別人的文章，也會很挑剔，有很多「意見」的！但阮瑀這一封書信，他讀了半天，卻發現一個字也改動不了！由此可知阮瑀文章的「精準」。

他流傳於後世最有名的一封信，是代曹操寫給孫權的，而且是寫於赤壁戰敗之後，可想見多麼難以著墨！但他寫得讓人看了，都忘了曹操是被周瑜「火燒赤壁」戰敗的。只覺得是曹操自己主動要「退兵」，而不是敗於周瑜之手；可見他文字的功力！

建安七子之冠冕

——建安七子·王粲——

一代文宗，倒屣相迎

王粲，字仲宣，東漢末代山陽高平（今山東微縣）人。他出身顯赫；曾祖王龔、祖父王暢都曾爲「三公」。當時何太后的哥哥何進是「大將軍」，他的父親王謙是何進的屬下。何進曾想跟王家結親，叫兩個兒子去見王謙，讓他任選一個當女婿。卻被王謙婉拒了。後來王謙因病免官；也幸得如此，得以善終。不然，後來何進被宦官所殺，恐怕他們王家也會因「姻親」的關係受到誅連。

在漢獻帝初年，董卓逼迫朝廷從洛陽遷都長安。王粲還是個少年，因此跟著家族也到了長安。當時被迫跟著朝廷遷都的人很多，「一代文宗」蔡邕，也被董卓逼迫出山入仕。他在朝野間，以「學術文章」極具聲望。史書稱：「才學顯著，貴重朝廷。常車騎填巷，賓客盈座。」

而他聽說王粲到訪，「倒屣迎之」；連鞋都顧不得穿好，就出門去迎接了。在座的人都不知道是什麼「偉大」的人物來了。結果一看，進來的是身量矮小，弱不勝衣，而且長得十分醜陋的男孩，使得滿座俱驚。

蔡邕從容解釋：「他是王公（王暢）的孫子，具有異常的才華，是我都自認不如的。所以，準備把我家的文章典籍，全都送給他！」這是何等的讚譽！

登樓賦與七哀詩

我們無法否認，人是注重外表的；外表漂亮，讓人第一眼的印象就好；也可以說：先天就佔便宜。至於人品如何，第一眼當然是看不出來的，還有待時間的考驗。

王粲十七歲就被朝廷任命爲官員，但因爲長安的局面紛擾動蕩，不願意就任，跑到荊州去依附劉表。

可是，劉表是個「以貌取人」的人，看他長得又瘦小、又醜陋，而且非常率性，就完全忽略他的才華，使他不得志了十幾年。也因此，他在鬱卒的心情下，寫出了流傳後世的〈登樓賦〉：

> 登茲樓以四望兮，聊暇日以銷憂。覽斯宇之所處兮，實顯敞而寡仇。挾清漳之通浦兮，倚曲沮之長洲。背墳衍之廣陸兮，臨皋隰之沃流。北彌陶牧，西接昭邱。華實蔽野，黍稷盈疇。雖信美而非吾土兮，曾何足以少留！

遭紛濁而遷逝兮，漫逾紀以迄今。情眷眷而懷歸兮，孰憂思之可任？憑軒檻以遙望兮，向北風而開襟。平原遠而極目兮，蔽荊山之高岑。路逶迤而修迥兮，川既漾而濟深。悲舊鄉之壅隔兮，涕橫墜而弗禁。昔尼父之在陳兮，有歸歟之嘆音。鍾儀幽而楚奏兮，莊舄顯而越吟。人情同于懷土兮，豈窮達而異心！

惟日月之逾邁兮，俟河清其未極。冀王道之一平兮，假高衢而騁力。懼匏瓜之徒懸兮，畏井渫之莫食。步棲遲以徙倚兮，白日忽其將匿。風蕭瑟而并興兮，天慘慘而無色。獸狂顧以求群兮，鳥相鳴而舉翼，原野闃其無人兮，征夫行而未息。心悽愴以感發兮，意忉怛而慘惻。循階除而下降兮，氣交憤于胸臆。夜參半而不寐兮，悵盤桓以反側。

他的這篇賦，寫出了思土懷鄉，和「懷才不遇」的感傷和悲痛。「雖信美而非吾土兮，曾何足以少留！」更成爲後世代表「思鄉」的名句。

他的「五言詩」也寫得非常好，最著名的是三首〈七哀詩〉；所謂「七哀」並不一定要七首。而是以「七」言其哀愁之多；同代的曹植，也有一首非常「經典」的〈七哀詩〉。而王粲的三首〈七哀詩〉。眞寫盡了身當亂世百姓流離之苦。試舉其一：

西京亂無象，豺虎方遘患。復棄中國去，遠身適荊蠻。親戚對我悲，朋友相追攀。出門無所見，白骨蔽平原。路有飢婦人，抱子棄草間。顧聞號泣聲，揮涕獨不還。未知身死處，何能兩相完？驅馬棄之去，不忍聽此言。南登霸陵岸，迴首望長安。悟彼下泉人，喟然傷心肝。

後世，劉勰曾在《文心雕龍》中，稱譽王粲爲「七子（建安七子）之冠冕」，也非過譽。

勸降劉琮，投向曹營

劉表死了！曹操率軍來犯荊州。王粲一則認爲曹操雄才大略，無以對抗。二則也覺得以劉表爲了寵愛幼子，竟捨長子劉琦，而立幼子劉琮爲繼承人。劉琮年幼沒有能力自保，實在也不必「以卵擊石」的自尋死路了。就勸劉琮投降曹操以保身家。

劉琮放棄頑抗而投降，當然也省了曹操的麻煩，和彼此爭戰必然會造成的傷亡，使曹操大爲高興。而且，他自己也是個身量不高，相貌也不起眼的人；後來當了魏王，匈奴遣使來見他，他還因此派相貌當皇的崔琰當替身！可知他也是有對相貌的「自卑感」的。因此，他不會像劉表那樣「以貌取人」。而且他自己也以才學自負，知道連蔡邕那樣的「一代宗師」都對王粲另眼相看，其才華可想而知。就以丞相的身分，封他爲「關內侯」，又非常欣賞他的文才；王粲的文學才華至此遇到了知音，也才有了「用武之地」。

後人以他勸劉琮投降而責以「大義」，認爲他爲拍曹操的馬屁「賣主求榮」。但從另一角度來說：這位「老東家」對又他有何恩德可言？反而是把他人生最美好的青壯年，都埋沒在荊州了！而且，就算他不勸劉琮投降，荊州就能敵得住曹操的大軍壓境？從這方面來看，反而是他保全了劉琮的身家財產呢！

記性超卓，過目不忘

他除了博學多識，文章寫得好，更有「過目不忘」的才能。

有一次，他和朋友一起走路，經過一座石碑，停下來一起讀碑上的文字。讀完後，朋友問他：「你能把這碑上的文字背出來嗎？」

他說：「能！」立刻就行雲流水的背誦了一遍，一個錯字都沒有！

另一次，他看人下圍棋。不小心棋盤打翻，棋局亂了。他把棋盤放好，一子一子的把剛才的棋局重擺了一遍。下棋的人還是不相信，用布巾把棋盤蓋住，另取了棋盤、棋子，讓他再擺一次。再兩相比較，還是一模一樣，這才爲之嘆服。

失傳的「七幹」
——建安七子・徐幹——

安貧樂道，淡泊君子

徐幹，字偉長，北海（今山東濰坊市）人。漢代末年的文學家，也是當代著名的詩人。他少年時，宦官權專，政治混亂。他卻專心篤志於學問，有州郡官員想聘他為官，他也不為所動。後來曹操任他為祭酒參軍、中郎將文學，他也以病辭謝。直到曹操平定了北方，才勉強出仕。也不過五、六年之後，以身體多病為由，又辭職回家。

他家境非常清寒，《中論序》說他：「潛身窮巷，頤誌保真。淡泊無為，惟存正道。環堵之墻以庇妻子，並日而食不以為戚。」可說是一個「安貧樂道」的眞君子。

「七幹」七言詩失傳

現在我們在「中國文學史」上，看到形式最完整的「七言詩」，是曹丕的〈燕歌行〉。但建安時代，曾有「五琳七幹」之說，也就是說徐幹是以「七言詩」為世稱道的。可惜的是：他的七言詩幾乎全部失傳了；徐幹留傳後世的詩很少，而且都是「五言詩」。但他的詩一定寫得非常好，當代著名的詩人曹植、劉楨都有〈贈徐幹〉的詩。

他有一首非常有名的長詩〈室思〉（共六節；也有人認爲是六首詩），是以「妻子」的角度，寫思念遠行夫君的詩。非常感人：

沉陰結愁憂。愁憂為誰興。念與君生別。各在天一方。良會未有期。中心摧且傷。不聊憂湌食。慊慊常飢空。端坐而無為。髣髴君容光。

峩峩高山首。悠悠萬里道。君去日已遠。鬱結令人老。人生一世間。忽若暮春草。時不可再得。何為自愁惱。每誦昔鴻恩。賤軀焉足保。

浮云何洋洋。願因通我辭。飄颻不可寄。徙倚徒相思。人離皆復會。君獨無返期。自君之出矣。明鏡暗不治。思君如流水。何有窮已時。

慘慘時節盡。蘭葉凋复零。喟然長嘆息。君期慰我情。展轉不能寐。長夜何綿綿。躡履起出户。仰觀三星連。自恨志不遂。泣涕如湧泉。

思君見巾櫛。以益我勞勤。安得鴻鸞羽。覯此心中人。誠心亮不遂。搔首立悁悁。何言一不見。復會無因緣。故如比目魚。今隔如參辰。

人靡不有初。想君能終之。別來歷年歲。舊恩何可期。重新而忘故。君子所尤譏。寄身雖在遠。豈忘君須臾。既厚不為薄。想君時見思。

尤其第三節「自君之出矣……思君如……」，更成爲一種「體例」，有許多後世詩人仿作。以唐朝的張九齡的作品最有名：

自君之出矣，不復理殘機；思君如滿月，夜夜減清輝。

平視甄宓，差點被殺

——建安七子・劉楨——

母教成名

劉楨，字公幹，東平人（現山東東寧縣）。是東漢晚期的文學家，建安七子之一。他的父親劉梁，是漢朝梁孝王的後裔。梁孝王劉武，是漢文帝的次子，漢景帝同母的弟弟，漢武帝的叔叔。因為嫡出，有戰功，封地又大，可以說在封國諸王中，是最強大的「諸侯」。當漢景帝廢太子劉榮的時候，他曾想爭儲位而未果。史載：漢景帝曾應許了日後要傳位給他的，卻還是立了劉徹為太子。他大概很不平，曾有「異謀」被發現，當然也傷了他和漢景帝之間的兄弟之情。後來雖然在竇太后打圓場之下，漢景帝表示原諒了他。但在他死了之後，就把他的封國一分為五，分封他的五個兒子；刻意使一個大國，變成了五個小國，導致他的後代逐漸沒落。

傳到劉楨的父親劉梁時，曾為貴族的劉家，早已淪落民間，只是個平凡的庶民百姓了。劉梁少孤貧而好學，賣書為生。漢桓帝時舉孝廉，也曾為官。為人清介寡合，但也算是一位文學家，在《後漢書・文苑傳》中有他的名字。

劉梁死的時候，兒子劉楨年紀還小。妻子出身仕宦世家，本身也是個琴棋書畫、詩辭歌賦無所不通的才女。年紀輕的時候就守了寡，就一心把對未來的希望，都寄託在下一代身上。她以言教、身教，親自督導課讀，養成了劉楨勤學和剛直的性格。他在當代享有「文章之聖」的稱譽；可惜流傳的作品太少，也不足以讓後人了解他的文學成就。

曹丕曾向吳質稱讚他：「其五言詩之善者，妙絕時人」。鍾嶸也在《詩品》說他：「氣過其文，雕潤恨少。然自陳思以下，楨稱獨步。」又說他：「仗氣愛奇，動多振絕。貞骨凌霜，高風跨俗」。對他有相當高的評價。

他的詩，流傳的也很少，有些甚至不全，只留下殘句。以〈贈從弟詩三首〉最有名：

亭亭山上松，瑟瑟谷中風。風聲一何盛，松枝一何勁。冰霜正慘凄，終歲常端正。豈不罹凝寒，松柏有本性。

泛泛東流水。磷磷水中石。蘋藻生其涯。華葉紛擾溺。采之薦宗廟。可以羞嘉客。豈無園中葵。懿此出深澤。

鳳皇集南嶽。徘徊孤竹根。於心有不厭。奮翅凌紫氛。豈不常勤苦。羞與黃雀群。何時當來儀。將須聖明君。

夢蛇四足，女賊叛亂

劉楨有一次作了個怪夢，夢到門洞裡有條蛇，這條蛇還長著四隻腳。他醒來後，覺得心裡很不舒服，就找當代最有名的占夢家周宣爲他「占夢」。

周宣聽了他述說的夢境，說：「你的這個夢，跟你自己的家事不相干，而是國家之事；不久，將會有女賊叛亂。」

果然不久之後，有鄭、姜等女子參與叛變。周宣解釋說：「『蛇』，是女子的象徵。但蛇是沒有腳的，你夢的蛇有腳，不正常。所以顯示會有女子參與不正當的事；那就是叛亂呀！」

平視甄宓，差點被殺

曹氏父子都喜愛文學，對建安的這些詩文名家也都十分器重而親近。有一次，曹丕請客，酒酣耳熱之際，曹丕很高興的請他的美麗的夫人甄宓出來見客。

雖然是主人待以「通家之禮」，但畢竟是「從屬」的關係，照禮貌來說，這些男客都應該低下頭，以示對甄夫人的尊重，表示不敢「正視」。而劉楨也許喝醉了，也許是性格上不拘小節，就公然直著眼，目不轉睛的盯著這位有當世「第一美人」之稱的甄宓看。

他大飽眼福不要緊，卻惹惱了曹操；覺得他太無禮了！當即發作，就把他抓了起來。大家都很爲他擔心；以爲這一下劉楨沒命了。因爲當時盛傳：曹操也是很愛慕甄宓的。只是他遲了一步；他平定了袁紹，等他表示要接見甄宓的時候，屬下告訴他：甄宓已被曹丕捷足先登，納爲妻妾了！因此，在曹操震怒之下，大家都很爲劉楨擔心。

還好，曹操是個很在意自己「形象」的人；覺得爲了這種事殺劉楨，一定會引起非議，傳出更多難聽的話來。緊急收韁煞車，處罰勞役了事！

最沒有知名度的建安七子

—建安七子．應瑒—

兄弟齊名，文名流芳

應瑒字德璉，東漢時的汝南（今河南汝南縣）人，建安七子之一。他出身於「書香門第」；祖父應奉、伯父應劭都以博學聞名一時，也都有文學作品流傳當世，是當代著名的學者。他的父親應珣，也頗有才名。出身於這樣的家庭，家學淵源，可想而知。只是不幸生當亂世，到處流徙，不免有身世飄零之感。

應瑒初來鄴都時，結識了曹丕、曹植兄弟，也得到他們的欣賞與尊重。曹操聞其名，任命他為丞相掾屬，後又轉平侯庶子。後來曹丕任五官中郎將時，應瑒為將軍府文學，成為曹丕的屬官。也經常與曹丕兄弟和當代的文學名家們宴遊，吟詩酬應。

應瑒的弟弟應璩，字休璉，也是一個文學家。他和其弟應璩在當時，都被稱之為汝南才子，兩兄弟的作品合為一集《應德璉休璉集》。

在「建安七子」中，他可能是「知名度」較低的一個。他長於辭賦，詩作不多，流傳的更少。有兩首〈別詩〉，相當程度的反應了亂世的無奈：

朝雲浮四海，日暮歸故山。行役懷舊土，悲思不能言。悠悠涉千里，未知何時旋。

浩浩長河水，九折東北流。晨夜赴滄海，海流亦何抽。遠適萬里道，歸來未有由。臨河累太息，五內懷傷憂。

從東漢末年到三國期間，中國時常有瘟疫流行；到建安二十二年，一場瘟疫，橫掃中國。應瑒和王粲、陳琳、劉楨同死於瘟疫。據歷史記載：漢朝的人口曾有六千萬人。但經過瘟疫、戰亂，到三國末年，只剩下八百萬了！可知瘟疫的可怕！

領導建安七子的「三曹」

——曹操、曹丕、曹植——

所謂「挾天子以令諸侯」

《三國演義》對曹操口誅筆伐的一大關鍵，在他「挾天子以令諸侯」。實際上，眞正能「令」諸侯的，是曹操本身的實力。而絕不是若非曹操「收留」，當時已淪落如乞兒，徒有天子「虛銜」的漢獻帝！事實上，在董卓之亂後，「漢室」已名存實亡了。考查歷史記載，漢朝桓帝、靈帝的作爲，眞令人恨得咬牙切齒，可說是：「不亡沒天理」！

曹魏的領土，也不是得自漢獻帝，而是曹操一兵一卒、一刀一槍打下來的。聰明一世的曹操，一生做的最大的「蠢事」，莫過於迎奉漢獻帝，擔待了「挾天子」之名，做了「狐假虎威」的那隻笨老虎！

威儀不在「門面」

匈奴一直是漢朝的邊患。三國時，曹魏兵力強大，才與接壤的南匈奴，保持著相安無事的和平局面。

匈奴遣使南來，當時掌權者，是「魏王」曹操。曹操身量短小，其貌不揚，對自己的外貌，缺乏信心。恐怕匈奴使者因而輕視，有損國威。因此，派眉目疏朗，相貌堂皇，身材修偉，儀表威重的崔琰，冒名頂替。以「魏王」的身分，接見匈奴使者。自己則假扮成魏王的駕前侍衛，捉刀立於「魏王」坐榻旁。匈奴使者朝見後，曹操派人打聽匈奴使者對這次朝見的觀感。使者說：「魏王雅望非常，然床頭捉刀人，此乃英雄也！（魏王果然雅望不凡。可是，眞正的英雄豪傑，卻是捉刀站在坐榻旁的那一位！）」

曹操聽了大驚，連忙派人殺了匈奴使，以免洩露。

馬踏青苗、割髮代首

民以食爲天，所以，曹操嚴令部屬，不得毀損百姓的莊稼。若有人損壞田中的農作物，必以軍法從事！兵士們都知道曹丞相「令出如山」，果然無人敢犯。亂兵踐踏農田的事，因而絕跡。

一天，曹操騎馬經過一片麥田旁，馬忽然發劣性。他控制不住，馬橫衝直闖的，把田中的麥苗，踐踏損壞了一大片。

自令自犯，他當即向部屬認罪，便拔刀自刎；當然立刻被屬下攔阻了。爲了維護軍令威嚴，任何人不能例外。即使是他，也必須接受懲罰。於是，他採取了一個折衷的辦法：割下頭髮，以代首級。

在我們現代人看來，割髮不痛不癢的，好像沒什麼了不起。但在古代，一般人絕對不會無故割髮的。因爲，割髮是相當嚴重的刑罰；可以說是「罪犯」的標幟。雖然，也有人批評他故作姿態。但，身爲一個實際上的軍政領袖，能爲自己所犯的軍令負責，也令人佩服他的氣度和守法精神了。

曹丕「反敗爲勝」

曹丕、曹植，是同胞兄弟，也是爭奪儲位的死對頭。當時，支持曹丕的有崔琰、賈詡、吳質。曹植方面，則有丁儀、丁廙、楊修爲黨羽。起初，曹丕是處於劣勢的；不但父親寵愛文采斐然的曹植，母親更是毫不保留的偏心。說來，他簡直「爹不疼，娘不愛」。而弟弟，才高八斗，寫出的文章，如精金美玉，光彩照人。父親本就好文，對這才華出眾的少子，豈有不另眼相看的？他雖然也能寫作，又如何寫得過弟弟曹植呢？

曹操要出征，曹植洋洋灑灑，便寫了一篇歌功頌德的文章送行。曹丕見父親不時頷首微笑，爲之氣沮。這一方面，他如何與曹植爭勝？他的智囊吳質卻悄悄教他：「哭！」

到臨別時，曹丕一言未發，只依依不捨的伏地流淚。令曹操與群臣也不禁欷歔。認爲他至情流露，而曹植文勝於情，比不上哥哥眞摯。這也是自負的曹植始料不及的吧？

將計就計

吳質是曹丕的謀臣，在曹操繼承人未定的時候，曹丕、曹植各有黨羽。曹操很不喜歡這種「營私結黨」的現象，密切注意他們之間的往來，曹丕與吳質，也只好保持距離，以示無爲。

但曹植深受曹操寵愛，居於弱勢的曹丕，非常需要與吳質當面密談爲他參謀，討論對策。因此想了一個辦法：讓吳質藏在大竹簍裡，私自進入曹丕的府第會見。

沒想到，這件事被楊修偵知。他和丁儀、丁廙是曹植的黨羽，知道曹操非常厭恨這種行爲，認爲可以藉這件事打擊曹丕，爲曹植「加分」。就向曹操告發：曹丕私自讓吳質藏在竹簍裡進入內府，顯有密謀！

曹丕知道這件事被告發，非常著急，吳質卻不慌不忙的告訴曹丕：「不要擔心！明天你命人再運同樣的大竹簍入府，在竹簍裡裝滿絲絹；魏王聽了他的話，一定會搜檢的。那時，看看灰頭土臉的人是誰！」

曹操果然派衛士密切注意曹丕府第的動態。第二天，果然看到一個大竹簍又被運入曹丕府第。奉命監視的衛士，立刻攔下了這個載著大竹簍的馬車，並打開竹簍搜檢。一看，竹簍裡裝的是一匹匹的絲絹，根本沒有人！

聽到衛士回報，曹操非常生氣：認爲就是楊修這些人在曹植身邊「興風作浪」，挑撥兄弟不和的！從這件事看，顯然就是楊修誣害曹丕；還慶幸自己的「明察」，沒有隨便聽信他的話，冤枉了曹丕。

本來就不喜歡楊修的他，因爲這件事，更增加了對他的反感。所謂「冰凍三尺，非一日之寒」，後來楊修被殺，這也是點滴累積的原因之一吧！

曹丕與吳質的情誼非常深厚，兩人的文才也都很可觀。他們之間的書信往來，除了敘舊誼、抒懷抱之外，也「談文論藝」；這從流傳至今的〈與朝歌令吳質書〉、〈典論論文〉中可以看出來。魏文帝曹丕駕崩，吳質爲他寫的悼詩，也十分感人：

愴愴懷殷憂，殷憂不可居。徙倚不能坐，出入步踟躕。念蒙聖主恩，榮爵與眾殊。自謂永終身，志氣甫當舒。何意中見棄，棄我歸黃壚。煢煢靡所恃，淚下如連珠。隨沒無所益，身死名不書。慷慨自僶俛，庶幾烈丈夫。

曹植飲酒誤事

曹操受封「魏王」，卻沒有按慣例馬上立儲。實在是因他偏愛曹植，想捨長立幼。但這又不大合於常理，恐受非議，因而躊躇。否則，立曹丕爲「世子」是順理成章的事，又何必猶豫？

曹丕、曹植都心中著急，又加上各有智囊推波助瀾，明爭暗鬥，十分激烈。後來曹丕「迫害」曹植，留下了著名的「七步詩」的故事。其實也是「冰凍三尺非一日之寒」；彼此間結怨太深了。後世人都同情曹植，因著他的文采，也因爲他是弱勢「被迫害」的一方。但，如果得位的是他，他又將如何對待哥哥？是否會比曹丕對待他更仁慈？我們眞的不知道！因爲「歷史」是不允許「假設」的。

曹丕才華不及弟弟，當初處於劣勢的情況之下，又怎麼會反敗爲勝的呢？一則，他聽從他父親心腹賈詡的教導：不必刻意表現，要深自砥礪，務本守份。要進德修業，恢宏氣度，努力讀書，善盡人子之道。二則，得說是曹植自己的不檢點，讓自己「反勝爲敗」，「成全」了哥哥曹丕。

曹植，自負才華，仗著父母親的寵愛，不免任性，又飲酒無節。結果，他的儲位就丟在「酒」上。

他第一次飲酒誤事，是曹操以他爲南中郎將，征虜將軍，派他去救被關羽包圍的曹仁。臨行，命人召見他，面授機宜。而曹植醉得不能上馬受命，只好臨時換將。

第二次，他喝醉了，駕車在皇帝專用的馳道「飆車」不說，還擅開只有皇帝才能進出的「司馬門」。這是連曹操自己都絕對避嫌、不會做的事，他卻大咧咧的駕車從「司馬門」奔馳而出。這件事，使曹操對曹植徹底灰心失望了。再加上賈詡一再以袁紹、劉表都因廢長立幼，而至敗亡的「前車之鑑」提醒他。他終於下了決心：立曹丕爲嗣。並且，在他死前的幾個月，殺了曹植的「黨羽」楊修。

後人都以爲曹操爲了門上「活」爲「闊」字、「一人一口酥」事，及「曹娥碑」才智不及楊修，忌才而殺楊修。恐怕那是小看曹操了。他殺楊修，或許是爲了保全曹植，親自剪了他的羽翼，向曹丕求情呢！

曹操，在《三國演義》的蓄意醜化扭曲下，集凶殘奸惡，陰狠狡詐於一身。事實上，在那滔滔亂世中，他實在是一位雄才大略的政治家兼軍事家。而與兒子曹丕、曹植，更領導「建安七子」，開創了文學史上光輝燦爛的建安時代。三國鼎立，這一方面，吳、蜀卻不得不讓他專美呢！

有笑病的陸遜之孫——陸機、陸雲——

名門佳子弟

「二陸」，指陸機、陸雲兄弟。三國東吳吳郡華亭（今上海松江）人。他們的祖父，就是東吳以「火燒連營七百里」，導致蜀漢劉備一蹶不振，並因而駕崩白帝城的陸遜。

哥哥陸機，字士衡。身長七尺，天生異稟。服膺儒教，身體力行，非禮不動。二十歲時，吳亡於晉。他退居故里，閉門苦讀十年。作〈辯亡論〉，試錄他文中寫東吳之興：

……江外底定，飭法修師，則威德翕赫。賓禮名賢，而張昭為之雄；交御豪俊，而周瑜為之傑。彼二君子，皆弘敏而多奇，雅達而聰哲。故同方者以類附，等契者以氣集，而江東蓋多士矣。將北伐諸華，誅鉏干紀，旋皇輿於夷庚，反帝座乎紫闥。挾天子令諸侯，清天步而歸舊物。戎車既次，群凶側目。大業未就，中世而殞。用集我大皇帝，以踨襲於逸軌，叡心因於令圖。從政咨於故實，播憲稽乎遺風，而加之以篤固，申之以節儉。疇咨俊茂，好謀善斷。東帛旅於邱園，旌命交於塗巷。故豪彥尋聲而響臻，志士希光而景騖。異人輻湊，猛土如林。於是張昭為師傅，周瑜、陸公、魯肅、呂蒙之儔，入為腹心，出作股肱……謀無遺諝，舉不失策。故遂割據山川，跨制荊吳，而與天下爭衡矣！

魏氏嘗藉戰勝之威，率百萬之師，浮鄧塞之舟，下漢陰之眾。羽　萬計，龍躍順流。銳騎千旅，虎步原隰。謨臣盈室，武將連衡。喟然有吞江滸之志，一宇宙之氣。而周瑜驅我偏師，黜之赤壁。喪旗亂轍，僅而獲免，收跡遠遁。漢王亦憑帝王之號，帥巴蜀之民，乘危騁變，結壘千里。志報關羽之敗，圖收湘西之地。而陸公亦挫之西陵，覆師敗績。困而後濟，絕命永安……

他寫出了東吳孫氏因孫策、孫權而興的原因。並藉此頌揚他祖父陸遜的功業。引起了士林的重視，自此名重一時。

弟弟陸雲，字士龍，是個神童。六歲就能寫文章，性情清正，文理分明。當時的尚書，一見他，便大爲驚異，許爲奇才。向人稱道：「這孩子，若不是龍駒，就必是鳳雛！」到陸雲十六歲，就舉之爲賢良，可知其器重之一斑。

他的文名，略遜於其兄，卻也是一時俊才。他的詩，四言、五言並重。〈谷風〉一詩，採四言體，頗有情味：

閒居外物，靜言樂幽。繩樞增結，甕牖綢繆。和神當春，清節為秋。天地則爾，户庭已悠。

他有兩首〈爲顧彥先贈婦〉，其實不僅是贈婦，也爲其婦代答，頗見夫婦之間的深情，亦頗可誦：

我在三川陽，子居五湖陰。山海一何曠，譬彼飛與沉。目想清慧姿，耳存淑媚音，獨寐多遠念，寤言撫空衾。彼美同懷子，非爾誰為心？

悠悠君行邁，煢煢妾獨止。山河安可踰？永路隔萬里。京室多妖冶，粲粲都人子。雅步擢纖腰，巧言發皓齒。佳麗良可美，衰賤焉足紀？遠蒙眷顧言，銜恩非望始。

兩兄弟後來雙雙到洛陽，拜訪太常張華。張華久聞其名，一見如故，嘆道：「討伐東吳一役，最大的收穫，就是得到這一雙才俊之士！」

名門之後，畢竟不凡！

生具怪癖有「笑疾」

陸雲，生來有個毛病：愛笑。所以，陸機初訪張華時，就只一個人前往，不敢帶他同去。因「二陸」齊名，張華主動問：「令弟士龍，現在何處？爲何不與你同來？」

陸機苦笑：「舍弟雲，有愛笑的毛病。怕尊前失禮，所以不敢前來。」

張華執意要見，立時命人去請。陸雲一進門，就笑得前仰後合，連話都說不出來了。原來，張華愛修飾，尤其珍愛他的鬍鬚，就把鬍鬚用絲繩纏起來保護。陸雲一見，視爲「奇觀」。原本就有「笑疾」的他，那還彆得住呀！

他不僅平常愛笑，看到打扮奇怪的人忍不住笑。自己守喪，應該哀毀逾恆時，照樣要笑。

他曾在居喪期間，穿著麻衣，戴著麻冠的喪服出門。江南是水鄉，交通多靠船隻。他上了船，看到自己映在水中的倒影，便忍不住捧腹大笑。船小，重心不穩。他這一笑，致使船左右擺盪，就把他搖下水去了。幸好旁邊有識水性的人，才把他搶救上來。

急智捷才

陸雲有一次去拜訪張華，在座中遇到了荀隱。荀隱字鳴鶴，也是當代的名士。

魏晉風氣，崇尚清談，喜以口舌才辯折人。張華見兩人都是名士，又是初見，便道：

「你們今日相遇，可別落了俗套！」

陸雲一拱手，大咧咧道：「雲間陸士龍！」

荀隱回敬，絲毫不讓：「日下荀鳴鶴！」

你稱雲間，是龍。我道日下，爲鶴。除了表出了自己的字，也扣住了姓名。雲，是你的名，荀是我的姓；荀字正是日在下。

陸雲又道：「既開青雲睹白雉，何不張爾弓，挾爾矢？」

他故意把荀隱字中的「鶴」，貶爲白野雞。還問爲什麼不用弓箭把野雞射下來。

荀隱從容道：「本謂是雲龍騤騤，乃是山鹿野麋。獸微弩強，是以發遲。」

荀隱毫不示弱，也把他自稱的雲中之龍，貶爲有角的山間麋鹿。感嘆那麼微弱的小動物，不值得用強弓硬箭，所以遲疑，放他一馬。

文人相輕，針鋒相對，只樂得觀「戰」的張華拍手大笑。

陸「青天」

陸雲雖是個文人，卻頗具政治才能。曾以太子舍人，外補浚儀縣令。這個縣，位居要衝，素來以難治聞名。陸雲到任不久，就使縣中風氣肅然一新。下面人不敢蒙蔽。市上商人，物不二價。

有一次，縣中發生了命案：一家的男主人被殺，卻找不到任何線索，成了無頭案。

陸雲命人把這人的妻子抓來，關進牢房，就不聞不問了。過了十天，當堂開釋，把她放走。暗地卻召來捕快，吩咐：「你在後面跟蹤她。不出十里，必有男人在路邊等候她。你看到他們交談，就一起抓回來見我！」

一切都如他所料。原來，這是件殺夫命案，陸雲知道，行兇的必是男人。且必與死者之妻有關，才會做得如此乾淨俐落，既無口供，又無線索。所以故意把死者的妻子抓來，讓姦夫著急。又知道他們因恐怕被人看見，一定約在離縣城較遠的地方爲會面之所。他推理正確，料事如神，果然順利破了案。

他的才能，使百姓擁戴。卻令頂頭上司郡守嫉妒，沒事挑剔找麻煩，終於去職。百姓追慕好官，特別畫了他的畫像，供奉縣社中。眞所謂「百姓的眼睛是雪亮的」！誰管你官大官小？百姓只管官好不好！

雙雙冤死

晉代，是義理不彰，倫理道德淪喪的世代。士大夫之好清談，多少也是出於逃避現實的無奈。後宮穢亂，諸王攻伐，尤爲賈禍之階。

陸機曾受成都王司馬穎之恩，因此投效了司馬穎。司馬穎起兵討長沙王司馬義，命陸機爲都督。陸機固辭，不允，只得拜受。

司馬穎手下有個寵信的宦官孟玖，爲弟弟孟超謀到統領萬人的小都督之職。卻不打敵人，專門縱兵搶掠百姓。陸機抓了爲首的處罰，孟超覺得沒面子，就散播謠言：「陸機將反！」

又向哥哥告狀。孟玖曾想任命他的父親爲邯鄲令，爲陸雲力阻。對這兄弟二人，早心存怨恨。就向成都王司馬穎進讒。司馬穎既剛愎，又糊塗，竟就把這兄弟二人，先後殺害了。

當時的忠直之士和士民百姓，都知道二陸受冤，力圖救援不果。陸機被害之日，昏霧晝合，大風折木，平地尺雪，彷彿也爲蒙冤受害的陸機不平。

殺母者禽獸不如！——竹林七賢·阮籍——

竹林狂士

「竹林七賢」，指的是魏、晉交替期間的七位狂士：阮籍、嵇康、山濤，向秀、劉伶、王戎、阮咸。那個時代，政局暗潮洶湧，在野心勃勃的司馬氏窺伺之下，人人自危。

這七人彼此交好，常同作竹林之遊。放浪形骸，飲酒嘯歌。不拘小節，超然世俗之外。世人便稱他們為「竹林七賢」。七賢中，嵇康、阮籍以文學名家，是魏末晉初滔滔濁世間，矯然不群之士。阮籍擅五言詩，嵇康擅四言詩。其餘各人，也各有特長，但在文學上的成就上，都不如他們。

醉酒拒求親

阮籍，字嗣宗，陳留（今河南陳留）人。是「建安七子」之一阮瑀的兒子。他是性情中人，傲然自許，不隨俗流。從小喜歡讀書，常閉戶讀書，累月不出家門一步。又喜好徜徉山水。一出門去遊山玩水，就流連在山水之間，樂而忘返。

他本有用世之心，因為司馬昭有心篡魏（所以當時傳言：「司馬昭之心，路人皆知」）。總是作賊心虛，特別怕知識份子對他們不滿。因此對天下名士都心存疑忌，總窺伺他們的言行，藉詞誅殺。阮籍為逃避現實，乃避世於酒杯中。

他好喝酒，聽說步兵營裡有個人善釀酒。為了這理由，要求為步兵校尉。後世稱他「阮步兵」，就是這麼來的。

司馬昭原本有心為兒子司馬炎，求娶阮籍之女為妻。他事先得到消息，既不願與野心勃勃的司馬家聯姻，也不便正面拒絕。於是，天天在家喝酒，喝得爛醉如泥。一連醉了六十天，根本不給司馬昭開口的機會。

司馬昭何等精明，當然心知肚明，為之大怒，便派心腹鍾會到阮籍家去，跟他談論國事。準備抓住他的把柄好殺他。結果，鍾會無功而返；因為阮籍知道他的造訪，絕無好意。依然是埋頭喝酒，酩酊大醉，什麼話也沒有說。酒，竟因而成了救阮籍命的「護身符」。

禮豈為吾輩設

《禮記》中規定：「叔嫂不通問」，目的是以禮防來避男女之嫌。

阮籍的嫂嫂，要歸寧回娘家。阮籍一直送她到門外，跟她依依話別。

處處拿「禮法」來約束人的道學先生，當然對此事非常不以為然，出言諷刺他不知「禮」。阮籍翻著白眼說：「禮，難道是為我這種人設的？」

他認爲，只要心裡光明磊落，又何必裝模作樣，講求什麼外表的「禮法」？相反的，人前行規步矩的人，也可能是個僞君子，背後專幹見不得人的事！

他的確是個率眞而光明磊落的人。他家隔壁，有個酒鋪。賣酒的老闆娘是個很年輕，而且十分美貌的少婦。阮籍常去酒鋪喝酒，喝醉了，便躺在這少婦身邊呼呼大睡。酒鋪老闆，一開始，還有些疑慮。不多久，就知道這個人一點心機邪念都沒有。也就見怪不怪，根本不當回事了。人若心無邪念，「禮法」當眞根本用不到呀！

他聽說有個兵家的女兒，美貌而有才學，卻不幸還沒出嫁就夭折了。他非常傷痛惋惜，也不管自己根本不認識人家，就跑到人家家裡，在這早夭的少女靈前痛哭致哀。可眞是率眞之士呢！

禽獸不如

地方上發生了一件逆子弒母的案子，使朝廷君臣都爲了震動。認爲這個逆子罪大惡極，議論紛紛。阮籍在一邊說：「這眞是太不應該了！一個人，殺父親也倒還罷了。竟然連母親都殺，眞不像話！」

大家一聽，都傻了眼。一般人心目中「弒父」是大逆不道的！他卻說；「殺父親也倒還罷了！」因而紛紛指責他。阮籍解釋：「禽獸，只知有母而不知有父。弒父，不過是禽獸的行爲。弒母，卻是連禽獸也不如呀！」

大家一聽，這才心悅誠服。

青白眼

阮籍的母親死了，他悲慟到嘔血的地步。雖然酒照喝，肉照吃，人卻因悲傷而至委頓消瘦。

朋友紛紛到他家來祭弔老夫人。他踞坐在靈堂裡，也不接待，也不理人，只管自己喝酒。

裴楷來弔。見他酒醉箕踞而坐，沒有哭。裴楷也不理他，自己行了禮，哭祭一番，便走了。有人見了，覺得很奇怪。問裴楷：「論禮制：弔喪時，主人哭，客人才行禮。他自己都不哭，你哭個什麼勁？」

裴楷答：「阮嗣宗乃是方外之士，不拘俗禮，因此也不管禮制。而我是世俗中人，自然還是依禮制而行。」

嵇喜，是嵇康的哥哥，也來祭弔。繁文縟節的，樣樣講究禮法。阮籍十分不耐煩，就對他翻白眼。

嵇康來了，卻帶了酒和古琴來，陪著他喝酒彈琴。他引爲知己，就對嵇康以青眼相待。

其實，每個人多多少少都會有點「青白眼」。但因「青白眼」相待的對象不同，亦可知人的人品高下。如果，一個人以功名利祿爲重，青眼只對有權有勢的人，此人必然是現實勢利的小人。如果青眼的對象是以才學人品爲重，當然他本身也一定是有才有學的君子了。由此可知，阮籍的「青白眼」，正是他爲人眞率，人品高尙，不媚俗，不勢利的外現。

他的作品中，最有名的是《詠懷詩》八十餘首。試錄其中兩首：

夜中不能寐，起坐彈鳴琴。薄帷鑒明月，清風吹我襟。孤鴻號海外，翔鳥鳴北林。徘徊將何見？憂思獨傷心。

林中有奇鳥，自言是鳳皇。清朝飲醴泉，日夕棲山岡。高鳴徹九州，延頸望八荒。適逢商風起，羽翼自摧藏。一去崑崙西，何時復迴翔？但恨處非位，愴悢使心傷。

由這兩首詩，可知他的生不逢時之嘆，與潔身自愛之情。

〈廣陵散〉從此絕響
—竹林七賢．嵇康—

何聞何見

嵇康字叔夜。據說他的先世姓「奚」，是會稽（今浙江紹興）人。因避禍搬到譙國銍縣（今安徽宿縣）落戶。因銍地有嵇山，因此改以「嵇」爲姓。他早孤，具有奇才，博覽群籍，於書無所不讀。並擅鼓琴，爲當世所重。他身長七尺八寸，風儀絕俗。雖然不講究修飾，卻一表人材。

他因少年孤貧，而學得一手打鐵的本領。常與好友向秀兩人一起在大樹下打鐵。

鍾會是司馬昭的心腹，也是個精明能幹的人。尤擅言辭，十分自負。聽說了嵇康的名聲，就慕名前去拜訪。

他到達時，嵇康正在打鐵，向秀在旁煽火鼓風。見到他，嵇康理也不理，只管叮叮噹噹打自已的鐵。

鍾會是個貴公子，又是權臣司馬昭的心腹，一向受人奉承慣了。來訪嵇康，在他想來，是給嵇康面子。嵇康應該喜出望外，倒屣相迎才是！沒想到，在一邊站了半天，嵇康根本看都不看他一眼！他受了冷落，自覺無趣，轉身要走。嵇康這才開口。問：「你聽了什麼來，又見了什麼去？」

鍾會冷冷地答：「聽了聽的來，見了見的去！」

由於受了冷落，鍾會心中懷恨。便向司馬昭進讒：「嵇康此人，龍姿鳳章，儀表不凡。人稱臥龍；臥龍，就千萬不能讓他起來。而且，他又是曹魏宗室的女婿。我公想得天下，不必憂慮別人。唯有嵇康，留下他，恐怕是個禍根。」

司馬昭一心想篡位，因而心生疑忌。因此後來找了個藉口，便把嵇康下獄。

廣陵散失傳

嵇康性情剛烈，嫉惡如仇。在亂世之間，自然易於招忌。雖然他淡泊自甘，隱居林下，採藥，打鐵，飲酒、賦詩、彈琴，與世無爭。竟然還是逃不過殺身之禍。他在獄中，作〈幽憤詩〉寄意：

……欲寡其過，謗議沸騰。性不傷物，頻致怨憎。昔慚柳惠，今愧孫登。內負宿心，外恧良朋。仰慕嚴鄭、樂道柔居。與世無營，神氣晏如。咨予不淑，嬰累多虞。匪降自天，實由頑疎。理弊患結，井致囹圄。對答鄙訊，縶此幽阻。實此頌寃，時不我予。雖曰義直，神辱志沮……煌煌靈芝，一年三秀。予獨何為，有志不就？懲難思復，心焉內疚。庶勖將來，無聲無臭。采薇山阿，散髮巖岫，永嘯長吟，頤性養壽。

他本身具有高超的修養，王戎曾說，跟他同住山陽二十年，不曾見過他露出喜怒之色。他遊山，遇到山中的樵夫，都視他爲神仙中人。他曾跟隨當時的高士孫登共隱。孫登什麼話都沒有說。到他要離去時，才嘆息：「你有雋才，而性情剛烈，恐怕難免殺身之禍。」

他又遇另一高士王烈，一起入山修行。有一次，王烈得到一些石髓，像飴糖一樣柔軟可口。他自己吃了一半，留下一半，要與嵇康分享。到了嵇康手上，柔軟的石髓都變成了堅硬的石頭。王烈又曾在一個石室中看到一卷素書，要嵇康去拿，素書就不見了。王烈嘆息說：「叔夜是那麼一個非常人，卻每每不遇。這也只好說是『命』呀！」

他這樣的韜光隱晦，司馬昭還是容不下他。臨刑前，太學生三千人，聯合上書司馬昭，請求留下嵇康，作他們的老師。司馬昭一看他被那麼多人的擁戴推崇，更不放心了，堅拒赦免。

嵇康上了法場，神色不變。臨刑前，只要求允許他再彈一曲古琴。司馬昭答應了，命人取琴給他。他莊重而平靜的彈了一曲〈廣陵散〉。彈完，嘆口氣：「當年，袁孝尼曾懇求我教他這首曲子。我捨不得，不肯答應。如今〈廣陵散〉從此失傳了！」

說完這番話，他從容就死。事後，司馬昭也後悔不該殺他，卻已來不及了。

他的文學作品以「四言詩」爲世欽重。再錄一首他的〈雜詩〉：

微風輕扇，雲氣四除。皎皎亮月，麗於高隅。興命公子，攜手同車。龍驥翼翼，揚鑣踟躕。肅肅宵征，造我友廬。光燈吐輝，華幔長舒。鸞觴酌醴，神鼎烹魚。絃超子野，嘆過綿駒。流詠太素，俯讚玄虛。孰克英賢，與爾剖符。

被絕交的山濤　—竹林七賢．山濤—

惺惺相惜

山濤字巨源。少年孤貧，可是卻很有器量，矯然不俗。曾對跟他食貧而不怨的妻子韓氏說：「現在我們忍饑受寒，你要忍耐。日後我將居三公之位，只不知你當不當得起夫人！」

他後來果然作到了「司徒」，正是「三公」之位。

他入仕富貴之後。還是一樣貞愼儉約，所得俸祿，都用以周濟親故。而且不像一般人，一旦富貴，就想易妻。或三妻四妾的享受豔福。他不蓄姬妾，與結髮之妻韓氏始終相守。韓氏也當眞如他所言，作了夫人。而且顯然她是當得起的！

他與阮籍、嵇康一見如故，滿口稱許。使韓氏十分詫異；她知道山濤的眼界甚高，爲什麼對這兩人如此另眼相看？便要求山濤，把他們請到家裡來作客，好讓她躲在屛風後，偷偷觀察他們。

山濤答應了。事後，問她：「我認爲我此生所遇到的人裡，只有這兩位値得爲友。你以爲如何呢？」

韓氏道：「論才華，你實在比不上這兩位呀！只能以識見、器度去和他們交友！」

山濤高興地說：「他們也認爲這是我過人之處，才不嫌棄我，肯與我相交呢！」

後來，山濤想保舉嵇康爲官。出發點雖是好意，嵇康卻不領情。結果是收到一封來自嵇康的絕交信，不跟他「玩」了。這正是「鐘鼎山林，各有天性」，不能勉強！

天生劉伶，以酒為名　—竹林七賢·劉伶—

劉伶戒酒辭

劉伶是個酒鬼，又長得十分醜陋。雖然不是無才，卻不得志；倒也因此在那動輒得咎的亂世，得以善終。

他生性曠達，又非常好酒，常攜酒乘鹿車出遊，讓人帶著鏟子跟在後面，說：「我死了，就把我埋了！」

這事卻讓後世的人嘲笑他標新立異，矯揉做作。蘇軾就曾說：「他這麼做，自許曠達。其實不然；若眞曠達，死就死了，還管埋不埋？」

某日他犯了酒癮，焦渴異常，向妻子討酒喝。他的妻子卻把酒倒掉，把酒器毀了，哭著勸他：「你酒喝得太多了，有傷身體。要戒酒才是！」

劉伶說：「你說得對！可是我自己管不住自己。這樣吧，你拿酒來，讓我祭告鬼神，向他們發誓吧。」

他妻子大喜過望，忙安排了酒肉，請他向鬼神發誓。劉伶跪下祝禱說：

天生劉伶，以酒為名。一飲一斛，五斗解酲。婦兒之言，慎不可聽！

意思是：天生下我劉伶，就以喝酒出名。一次總要喝上一斛才算數，喝上五斗才解酒癮。婦人家囉裡囉嗦的話，可千萬小心不能聽！

說完便大吃大喝，又喝得醉醺醺。可眞讓人爲之失笑。

而他也眞因酒而「名留『酒』史」了；後人寫詩作文時，寫到喝酒的典故時，常忘不了他！

不摘李的王戎

——竹林七賢‧王戎——

小氣鬼王戎

王戎從小聰明過人。幼時與小朋友一起到郊外玩，看到路邊一棵結實纍纍的李樹，李子又大又紅。小朋友們一聲歡呼，搶著去爬樹摘李子吃。只有他站在一旁不動。人家問他原因。他說：「這李子看著漂亮，卻一定是苦的！」

大家都不相信。摘下來一吃，果然苦的不得了。問他：「你怎麼知道李子是苦的？」他說：「這李樹長在人來人往的大路邊上。若是好吃，老早被摘光了，還會留在樹上等我們來摘？當然因爲是苦的，才沒人摘。」

他非常聰明，卻非常小氣。另一個李子的故事，就讓人失笑了。

他後園裡，種著品種優良的李子樹。所結的李子，又大又甜。他除了自家留下來吃，也拿來賣錢。但他在賣李子之前，一定先把李子核鑽了洞，才拿去賣。究其原因，就是怕別人拿了他李子的種子去種，搶了他的「獨家生意」！

他女兒長大了，自然要嫁人。以他的身分地位，少不得要爲女兒準備一份像樣的嫁妝。

女兒出嫁後，三日回門。一般人家的父親，看到女兒回門，都是歡天喜地的。只有他，一臉不高興，說話也沒好口氣。讓他的女婿不知是怎麼一回事。

「知父莫若女」；他女兒知道：父親是看她身上穿的錦衣，頭上插的、身上戴的首飾都是他花錢買來的嫁妝。錢花得心疼，又說不出來。心裡不高興，所以擺臭臉給她看。她雖是個女子，性情卻很耿介剛烈，不想受這氣。立時脫下了錦衣，摘下了戴的首飾，全部「奉還」。這才使王戎展開了笑顏，接待女兒女婿。

對女兒如此，對侄子也一樣。他的侄子要結婚，他給了他一件單衣。行了婚禮之後，就責令他馬上送回來！

他是不是因爲窮呢？才不！他家的田產號稱遍及天下！他最大的樂趣，就是親自拿著計數的牙籌，來計算自己的財富！對錢財，好像永遠不滿足。而且自奉極爲簡約，節儉到讓人覺得吝嗇。當時人對他這「愛財如命」的行爲，稱爲「膏肓之疾」：不可救藥！

曬條褲子應付了事——竹林七賢・阮咸——

你曬錦衣我曬褲

阮咸是阮籍的侄子，跟他的叔叔一樣放誕不拘俗禮。他的文章沒有叔叔的名氣大。音樂的造詣卻爲當世所重。他擅彈琵琶，也能製作樂器。據說，國樂器中的「阮咸」就是他創製的，因此這種樂器以他的名字來命名。

當時，朝中姓「阮」的人很多。阮姓有錢的人家都住在道北，稱「北阮」。貧窮的則住道南，稱「南阮」。他和叔叔都屬於「南阮」。當時的風俗：七月七日家家戶戶要曝曬衣物。在這一天，把家裡衣物搬出來曬，準備換季。放眼望去，「北阮」曬的滿眼都是華麗的綾羅錦緞等貴重衣物。當然，多少也有藉此炫富耀貴的心態。

阮咸在這一天，用一根長竹竿，挑著一條粗布的齊膝褲來曬。這種褲子，不是像他這樣士大夫階層出身的人穿的，而是一般做粗活的人所穿的。當然，人家見了都不免奇怪。問他爲什麼這麼做？他笑著說：「大家都曬衣服，我也不能免俗呀！」

也由此可知他的放誕「搞怪」，眞不在他叔父阮籍之下！

被剽竊的《莊子》註解

——竹林七賢．向秀——

思舊一賦動人心

向秀好老莊之學，他的著作，也偏重於《莊子》的註解，很受當時人的推崇。可惜，他還沒完成，就去世了。因爲他的兒子太小，沒法維護他的「著作權」，就被當時另一個老莊學者郭象「偷」去，改頭換面，再把他未完成的篇章補齊，就當作自己的作品「發表」了。還好，後來向秀的註解有別本留傳，人家才發現兩書的內容雷同，而向秀註的莊子成書在前。當然是郭象剽竊了向秀作品！揭穿了郭象可恥無行的行爲。

他是嵇康的好朋友，兩人時常一起打鐵。在嵇康打鐵時，他總在一邊幫忙鼓風煽火。兩個人欣然相對，目中無人。

在嵇康被殺之後，他非常難過。曾在經過故居的時候，作〈思舊賦〉來悼念好朋友：

將命適於遠京兮，遂旋反以北徂。濟黃河以泛舟兮，經山陽之舊居。瞻曠野之蕭條兮，息余駕乎城隅。踐二子之遺跡兮，歷窮巷之空廬。歎黍離之愍周兮，悲麥秀於殷墟。追昔以懷今兮，心徘徊以躊躇。棟宇在而弗毀兮，形神逝其焉如。昔李斯之受罪兮，歎黃犬而長吟。悼嵇生之永辭兮，顧日影而彈琴。託運遇於領會兮，寄餘命於寸陰。聽鳴笛之慷慨兮，妙聲絕而復尋。佇駕言其將邁兮，故援翰以寫心。

這也可說是「一死一生，乃見交情」了！

替小叔解圍的嫂嫂

——謝道韞——

謝道韞，字令姜，東晉人。是宰相謝安的姪女，安西將軍謝奕的女兒，名將謝玄的長姊。

讀紅樓夢，或許很多人會記得《紅樓夢》中，對「金陵十二釵」的判詞中，有一首兼寫薛寶釵和林黛玉的：「可嘆停機德，誰憐詠絮才；玉帶林中掛，金簪雪裡埋。」

「停機德」指的是戰國時代，燕國樂羊子妻。樂羊子家貧。她曾在樂羊子撿到一枚金餅帶回去給她時，以大義責備樂羊子貪得「不義之財」，使樂羊子深覺慚愧，而遠行求學。後來因爲思念故鄉、家室，廢學回家時，她正在織布，取刀割斷布匹，以織布是日積月累才能成匹，半途而廢就等於布不成匹時割斷，成了廢物，來責備樂羊子。讓樂羊子重歸求學上進之路，而終於成名立業。她也以勸勉丈夫廉潔，勤學的賢淑德行爲世稱道。

而「詠絮才」則指的是一位晉代的才女：謝道韞。

王導和謝安，是東晉時兩根救國存亡的「擎天柱」。兩個人都當過丞相，也由於他們的賢能，使偏安江左的東晉，得以延續命脈生機。謝安的侄子謝玄，更以「淝水之戰」大破苻堅的南侵大軍，使東晉轉危爲安。王、謝兩家，因而成爲當時江南最爲人矚目的家族。

謝安是當時謝氏家族的「大家長」，非常重視子侄們的教育。時常在公餘之暇，就召集子侄們一起讀書、講經。在當代，這樣的世家，教育風氣其實相當開明，女孩子們也跟著一起讀書。

有一天，謝安正召集子侄講經，忽然天降大雪。望著大雪，謝安問：「白雪紛紛何所似？」

他的侄子，小名「胡兒」的謝朗接口說：「撒鹽空中差可擬。」

他覺得，雪花就像白色的鹽，撒到空中落下一般。這形容倒也很貼切，謝安點點頭，還沒說話，只聽他的侄女謝道韞接口：「未若柳絮因風起！」

她把雪花比喻成在風中滿天飛舞的柳絮。這比喻比謝朗所說的鹽，更輕盈美麗而神似。謝安不覺鼓掌贊嘆，到處宣揚他侄女形容「雪」的美麗詩句。於是「詠絮」便成了後世對「才女」的專屬形容詞了。

嬌養深閨，氣質高雅

由「未若柳絮因風起」的詠雪詩句，謝安知道侄女謝道韞是個「才女」，更特別疼愛這個侄女；有機會的時候，總要跟她談談文學。

有一天，謝安看到她手中正拿著一本《詩經》在讀，就問她：「道韞！《詩經》裡面有許多很美的詩篇，你最喜歡的詩句是什麼？」

謝道韞不假思索就回答：「我最喜歡的詩句是：『吉甫作頌，穆如清風』。」

她的回答，讓謝安非常詫異；一般的人，尤其女孩子，喜歡的大概都是一些風花雪月，或吟詠感情的美麗的詩句。而她喜歡的，卻是表現了人格、風範的詩句。謝安心裡想：「這個孩子天生具有高雅不俗的氣質，眞不是一般閨中嬌養的小女兒可比！」

她是個女子，所以很多人都聽說過她的才女之名，卻不曾見過她的面。一位見過她的尼姑，這樣形容：「王夫人（她夫家姓王）神情散朗，故有林下風氣。」

意思是說：她非常自然的表現出大家風範來，像隱逸林下的高士一般閒雅出塵。因此，「林下風」也成爲對女子閒雅風度的讚美之辭了。

天壤之間，乃有王郎

當代的大書法家王羲之，聽說謝家有這麼一位才女，就替他的次子王凝之向謝家求親。由於王、謝兩家本是世交，又門當戶對，所以，謝家就答應了這件親事，將謝道韞許配給王凝之。

她嫁到了王家，才發現：王凝之雖然出身名門世家，卻是兄弟輩中最平凡庸碌的一個！

使她非常不滿意。

婚後歸寧，謝安見她一點都沒有新婚少婦的喜悅之情，猜想：她大概對王凝之不滿意。安慰她說：「王郎是逸少的次子，出身世家，人品也不錯呀。你爲什麼不開心呢？」

「逸少」，是王羲之的字。古人視直呼人名字是極不禮貌的事，所以謝安稱王羲之爲逸少，而稱侄女婿王凝之爲王郎。

謝道韞委屈地說：「謝家一門中，叔伯裡有阿大（謝尚）、中郎（謝據）還有叔父您。兄弟們中，有封（謝韶）、胡（謝朗）、末（謝淵）、羯（謝玄），都是才華出眾的人！我在這樣的家庭裡長大，眞不知道天地之間，竟然有王郎那樣的人物！」

她非常明白的表示她對王凝之的平凡庸碌「看不上眼」。讓謝安也很難過。但古代女子出嫁從夫，又有什麼辦法呢？

她一結婚，就看不起王凝之。而事實證明：王凝之的確也眞不成材。偏又迷信得要命！他因著父親的關係，奉派到會稽作官。他非常迷信「五斗米教」，當時世道很亂，時常有人叛亂。而亂兵圍困會稽，都兵臨城下了，這位「天壤之間，乃有王郎」的丈夫，還忙著禱天畫符，等著天兵天將來退敵！

結果，賊兵破了城，不但把他殺了，他的子女都被賊兵殺了。

謝道韞在這樣危急的情況之下，親自拿著一把刀，保護著六歲的外孫劉濤，與賊兵對抗。賊兵抓住了劉濤，謝道韞對他們大喊：「你們要殺的是姓王的，他不姓王！要殺就殺我好了，不關他的事。」

賊兵見她在這樣危急的情況之下，還以生命來保護外孫。被她感動了，就把她和劉濤都放了。

為小郎解圍

魏晉風氣崇尚「清談」；彼此常就各種學識、觀念相與討論；有如現今的「辯論」。時尚如此，所以，這些文人雅士不但要有滿腹的經綸、不凡的見識，還得有非常好的口才，才能在「清談」的場合不落下風。

謝道韞讀過許多書，雖然女孩子不方便公然與人「清談」。但耳濡目染，也從別人的清談中，增長了不少見識。嫁到王家之後，常隔簾聽這些當代名家們彼此清談辯論。

有一次，她的小叔王獻之跟人清談，談著談著，就落了下風。她在簾後旁聽，覺得王獻之並不是道理不對，而是口才不夠好，辯不過人家的「辯才無礙」，才屈居下風的！就命到廳上傳話：「嫂嫂要替小叔解圍！」

把當場所有的人都嚇到了。但大家都久聞她的「才女」之名，也都很想聽聽她的高見。對方認為，以她一個「婦道人家」，「才女」也者，也只是人家看著謝安尊貴的身分恭維她，不過「浪得虛名」！也就同意了。

由於古代女子不能「拋頭露面」，她就命人在廳中設了青綾帳，自己坐在帳中，隔著帳子與對方辯論。

同樣的理論，王獻之是辯輸的一方。到了謝道韞出面，卻「反敗爲勝」，讓原本勝方爲之折服；由此就可知她是多麼的博學，又善於言辭了。

王謝子弟，當時曾經多麼風光神氣！但如今在歷史上留名的，似乎就只有王導、謝安、謝玄，這三位在政治和軍事上，爲晉朝立過大功的人，和以書法聞名的王羲之父子了。但，男孩子們被「大江東去」的浪花淘盡，謝道韞卻以她過人的才華，留名在「文學史」上！成爲謝家的光榮。

你老子不如我老子
——謝靈運——

犬子虎孫

謝靈運是大破苻堅南侵的名將謝玄之孫。其父謝瑍，是一個碌碌庸才，使謝玄十分失望。沒想到這平凡庸碌的兒子，卻爲他生下了聰明俊秀的孫子。使謝玄驚喜之餘，不由感嘆：「我眞不相信，憑瑍竟能生出靈運這樣的孩子！」

照某一種笑話的說法，謝瑍也可以一邊向謝玄誇稱：「你兒子不如我兒子！」一邊向謝靈運吹牛：「你老子不如我老子！」

謝客、謝康樂

謝靈運幼時，因故寄養在杜治家。因此，他的小名叫「客兒」。所以後世亦有以「謝客」稱之者。

他因出身「王謝」子弟，襲封「康樂公」，故又世稱「謝康樂」。

天下事，有一利，則有一弊。他因出身富貴，得以飽讀詩書，博覽群籍，奠定了深厚的文學基礎。也因而可以到處遊山玩水，嘯傲煙霞，乃至成爲「山水詩」的開山祖。

但也因出身富貴，驕奢任性，疏放不檢。終致爲驕縱任性的性格所害，以至不得善終。雖說，他的被殺，是亂世中的悲劇。但他自身的任性胡爲，多少也有點咎由自取。

失意仕途，寄情山水

謝靈運是東晉最具勢力的重臣「王、謝」後裔，因此在劉宋篡位後，深受疑忌。怕他心懷異心，便削爵降封，把他由「康樂公」降爲「康樂侯」，授以閒官。謝靈運正當壯盛之年，滿懷經國濟世的雄心壯志。受此挫折，不免心懷怨憤。因此，批評時政，訐毀大臣，肆言無忌。又被讒害，降爲永嘉太守。

永嘉（今浙江永嘉）山水秀美。他到任後，不以公務爲意，成日累月的呼朋引伴，遊山玩水。每至一處，吟詠嘯歌，盡興始返。在詩歌上，因此成就非凡，並奠定「山水詩」一派。

他最爲人稱賞傳誦的詩，就是他在永嘉時所作的〈登池上樓〉：

潛虬媚幽姿，飛鴻響遠音。薄宵愧雲浮，棲川怍淵沉。進德智所拙，退耕力不任。狗祿及窮海，臥痾對空林。衾枕昧時節，褰開暫窺臨。傾耳聆波瀾，舉目眺嶇嶔。初景革緒風，新陽改故陰。池塘生春草，園柳變鳴禽。祁祁傷豳歌，萋萋感楚吟。索居易永久，離群難處心。持操豈獨古，無悶徵在今。

但平心而論，就「爲民父母」地方官的職責而言，他實在也是失職之至！

他不僅在爲永嘉太守時如此，召回闕下，爲秘書監，也見朝中都是庸碌之輩，卻因皇帝寵信，安居高位，因而心懷怨望。無故稱疾，恣意遊歷，不理公務。終爲御史所劾，免官回家。

謝公屐

古代人遊山玩水，時登時降，全靠行走。所謂「工欲善其事，必先利其器」。他喜好遊山玩水，倒玩出一項發明來。

他發現穿屐登山，上下俱不便。上山時人往後倒，下山時人往前傾。於是，命人設計了一種可以自由裝卸的屐齒；上山時取下前齒，下山時取下後齒。如此，便平衡了坡度，不論登山、下山，都「如履平地」了。

這一「發明」，嘉惠了不少遊山玩水的同好。因此，時人把這種「登山專用」屐，稱之爲「謝公屐」。

任性的代價

出身貴家，家產富厚，使他縱情恣意，行事但憑一己興之所至，而不問後果。

比如：他能爲自己遊歷方便，而開山浚湖。有一次，竟從始寧到臨海，一路伐樹掘石，開山闢路。臨海太守見其聲勢，還以爲是山賊來襲，如臨大敵，嚴陣以待。打探明白，才知不過是謝公遊戲而已，虛驚一場。

後來，他又因向會稽太守求湖爲田被拒，而彼此結怨。竟爲會稽太守誣奏他心懷異志。幸得文帝惜才庇護，也知他冤枉，沒有加罪，反任命他爲臨川內史。

但他在臨川內吏任內，依然故我，怠忽職守，終爲大臣所劾。他任性慣了，不但不自反省，竟興兵拒捕。以此「叛逆」實據，連文帝也包庇不了。終於在永嘉十年，被斬於廣州。

讓李白一生低首 ——謝朓——

一生低首謝玄暉

李白才氣縱橫，目無餘子。古今詩人，能入他法眼的極少。唯有對謝朓，佩服得五體投地。竟至宣稱：「一生低首謝玄暉」。玄暉，便是謝朓。

算起來，謝朓該是「大謝」謝靈運的族孫輩，因此人稱「小謝」。他的高祖謝拔，是謝安之弟。祖母，是史學家范曄之姊。母親，則爲南朝宋代的長城公主，家世堪稱顯赫。

他的文學成就，也可稱是南朝「一代詩宗」。當代的詩人沈約稱美：「二百年來無此作！」梁武帝蕭衍，更稱美他的詩：「三日不讀，便覺口臭！」在當時，便有「古今獨步」之譽。唐代李白所謂「一生低首」也不是全然虛譽。

竟陵八友

在建安時代，曹氏父子門下有「建安七子」：孔融，陳琳、王粲、徐幹、阮瑀、應瑒、劉楨。南朝齊武帝的次子「竟陵王」蕭子良雅好文學，禮賢下士，對文人名士尤爲禮遇。於是，一時名家齊集門下。聲譽最隆的有：王融、謝朓、任昉、沈約、范雲、陸倕、蕭琛、蕭衍。時人以「竟陵八友」稱之。可惜竟陵王本身的文采有限，無法與曹氏父子相頡頏。竟陵八友，生長於文風柔靡華弱的南方，也沒有建安七子的雄健之氣。在聲勢上，便弱了一籌。

八友中，謝、王二人，在齊代被殺。蕭衍則篡齊自立，即爲後世的梁武帝。在時間上，也只是短短數年而已，難成氣候。

告密岳父，迴避老婆

謝朓曾爲宣城太守，因此後人也以「謝宣城」稱之。後又任東海太守。他的岳父王敬則謀反，被他發現。他爲了忠君，上疏告變，齊明帝因而斬了王敬則。

這件事，在他的立場，是「大義滅親」。在他妻子的立場，卻是「殺父之仇，不共戴天」。因而常身懷利刃，窺伺機會，時時想殺他爲父報仇。

明帝因他告變有功，要拜他爲尚書吏部郎。他心中不安，再三推辭，而終不爲妻子所諒。只好時時「迴避」老婆大人，免遭不測。這事傳出，讓他成爲同僚間的笑柄，使他失悔萬分。

明帝崩，子東昏侯即位。荒淫無道，政治大亂。江祐等謀立始安王，遣人致意。他以受恩於明帝，不允。

江祐等恐他又如前番，向東昏侯告密。因而「先下手爲強」，誣他謀反。東昏侯本來就是個昏君，不明就裡，他竟然因此下獄冤死，時年方三十六歲。

一代詩宗

謝朓的詩風，承襲山水一脈，而沒有謝靈運雕琢之弊，清新自然。尤其與沈約共創「永明體」，建立了詩的格律性。下開唐代「新體詩」的風尚。五言小詩，尤爲擅場。後代唐人五絕，淵源於此。

大家都熟悉李白的〈獨坐敬亭山〉詩：

眾鳥高飛盡，孤雲獨去閒，相看兩不厭，只有敬亭山。

李白之所以對「敬亭山」情有獨鍾，恐怕與謝朓在任宣城太守時的作品〈遊敬亭山〉也不無關係：

茲山亙百里，合沓與雲齊。隱淪既已託，靈異居然棲。上干蔽白日，下屬帶迴谿。交藤荒且蔓，樛枝聳復低。獨鶴方朝唳，饑鼯此夜啼。渫雲已漫漫，夕雨亦淒淒。我行雖紆阻，兼得尋幽蹊。緣源殊未極，歸徑窅如迷。要欲追奇趣，即此凌丹梯。皇恩竟已矣，茲理庶無眣。

尤其可貴的是：謝眺對後進獎掖不遺餘力。把爲人揚名，視爲己任。年紀雖輕，以風範論，也無愧「詩宗」二字了！

李白狂傲一世，唯獨低首謝玄暉，又豈是偶然？

不能爲五斗米折腰——陶潛——

清白世家

陶潛，一名淵明，字元亮，潯陽柴桑人。算來，他也是名門之後；他的曾祖，是曾作過大司馬的陶侃。他的外祖孟嘉，也是一時俊傑，做過征西大將軍。祖父陶茂、父親陶逸，也都曾做過太守。就這一份三代履歷來看，與我們所知的那個「環堵蕭然，不蔽風雨，短褐穿結，簞瓢屢空」的五柳先生，和〈歸去來辭序〉中所寫的：「余家貧，耕植不足以自給。幼稚盈室，缾無儲粟」的陶淵明，似乎不太容易聯想；做了三代大官的人家，會窮成這樣！也許不妨這麼說：就因爲他家歷代以清白傳家，積福積德，才合該出一個像他這樣品格高潔的大詩人，爲陶家光耀門楣！

返璞歸眞

我們認識的陶淵明，一派的月朗風清，天然自適。但，說他生來就是如此「胸無大志」，淡泊無爲，也並不眞確；一個出身這樣有爲有守家庭的讀書人，一定會有滿腔經國濟世的熱血的。這不是出於功利，而是出於理想。他當然不會例外，否則，他也不會寫出〈詠荊軻〉：「惜哉劍術疏，奇功遂不成」；〈擬古〉：「少時壯且厲，撫劍獨行遊。」這樣的句子。

他當然是失志於當時的，但他在意的，並不是個人仕途的得失，而是對當時整個政治風氣的失望。在中國歷史中，政治最糟糕的兩個朝代，一是晉朝，一是明朝。他不幸生在這樣基本上就夠糟糕，還是「末代」的時代中，無疑，是充滿了無力感的。他不是沒有作官的機會，他在〈歸去來辭序〉中說得很清楚：「……親故多勸余為長吏，脱然有懷，求之靡途。會有四方之事，諸侯以惠愛為德。家叔以余貧苦，遂見用於小邑。」

當時還沒有「科考」制度，以他的家世，只要有人推薦，就能做個縣令。可知，他想要作官，不是沒有「門路」的。但也在做官期間，他感受到了官僚體制的黑暗和不合理。這根本不是他所期望的政治生態。在這樣積重難返的腐敗體系中，根本沒有作爲和施展的空間。大家都知道他以「不能為五斗米折腰，事鄉里小人」爲由，在做了八十幾天彭澤令之後，掛冠而去，重歸田園躬耕。從此後，他寧受飢寒，甚至乞食於人，也不肯再出仕。實在是對整個政治和社會黑暗的絕望後，回歸自然尋找自我的返璞歸眞呀。

嗜酒如命

中國古代文士，幾乎無不嗜酒，陶淵明亦以嗜酒聞名。他在爲彭澤令時，便有一則軼事：

縣令有權管理公田，他因嗜酒，便下令公田全部種秫。秫，是有黏性的稻種，可以釀酒。他是詩人性情，只要自己適意，全不管現實問題。他的妻子，當然比他要「務實」得多；不喝酒死不了人，不吃飯，會餓死的！而且，對上面也無法交代。因此堅持公田應該種可以當糧食的秔，雙方爭執不已。到最後，他終於讓了半步：一頃地有一百畝，五十畝種秫，五十畝種秔。從這件事上，我們固然了解了詩人性情的率眞可愛。另一方面，也不免爲他的妻子感嘆：「才子婦難爲」！

他與世無爭，人緣極好，朋友很多，朋友招待他也容易，只要有酒請他喝，他就欣然前往，大醉而歸。但他對「做官」的人，不感興趣，拒見權貴。當時的江州刺史王弘，久慕其人。登門拜訪，他總託辭有病，不肯相見。王弘沒有辦法，知道他嗜酒，便命人窺伺他出入。知道他某日要往廬山遊玩，便命他的好友，帶著酒菜，在半路攔截他。他坐著籃輿，由兒子和學生抬著遊山。路上遇到了老朋友，有酒有菜的請他一塊兒喝酒「野餐」，那有不喝之理？喝到一半，王弘假作不期而遇，他也不疑有他。欣然同席共飲，自此結交。

王弘見他腳上鞋破得不像樣，命左右爲他買鞋，要量他的腳。他坦然把腳一伸，任人量度。這種絲毫不矯揉做作的率眞，幾人能至？

王弘請他至官府盤桓，他也就欣然乘輿前往。對官府的建築、陳設，絕不豔羨。王弘也因此更敬慕他的爲人，此後不時遣人送酒給他喝。留下了重陽佳節「白衣送酒」佳話。

他有位少年詩友顏延之，兩人十分投契，喝酒論文，非常快樂。等他喝醉了，便醉眼迷濛的對顏延之說：「我醉欲眠卿且去！」虛僞客套，他簡直不知何物！

他的朋友來看他，正值新釀初熟，他要濾酒待客。一時找不到濾酒物，他便摘下頭上戴的葛巾來濾酒。把酒濾了，再戴回去。這樣的率眞之士，也眞合該「歸去來兮」吧。

羲皇上人

陶淵明不解音律，蓄有無弦素琴一張，當文酒之會，每撫而和之，說：「但識琴中趣，何勞弦上音？」

他的音樂，不是以手指彈出的弦索之聲。他的音樂，不是用耳朵聽的，他聽到的是心中的天籟。在他的傳記中，有這樣一段記載：「遇酒輒飲，時或無酒，亦雅詠不輟。嘗以夏日虛閒，高臥北窗之下。清風颯至，自以為羲皇上人。」

我們也都讀過他那些令人嘆賞的詩，如〈讀山海經〉：

> 孟夏草木長，繞屋樹扶疏，眾鳥欣有託，吾亦愛吾廬。既耕亦已種，時還讀我書。窮巷

隔深轍，頗迴故人車。歡言酌春酒，摘我園中蔬。微雨從東來，好風與之俱。泛覽周王傳，流觀山海圖。俯仰終宇宙，不樂復何如？

這樣恬淡怡然的生活，完全超出了當代社會風氣：表面上崇尚清談，骨子裡攀龍附鳳，以「清高」作爲一種爭名逐利手段的虛僞。他窮，窮得硬朗、坦然。他不標榜什麼清高絕俗，別人只以老莊作裝飾品，他是眞正渾化爲自然的一部分。也因此，才寫出了令後世文人傾倒之至的名詩：

結廬在人境，而無車馬喧。問君何能爾，心遠地自偏！采菊東籬下，悠然見南山。山氣日夕佳，飛鳥相與還。此中有真味，欲辨已忘言。

年號與干支之爭

陶淵明的作品，在晉時書「年號」，到劉裕篡晉之後，改書「干支」。這一改變，引起了相當多的臆測和爭議。

有人認爲，他此舉與「恥食周粟」相類；因爲他的祖上在晉爲官，他自己的官位雖低，做得幾任不足道的微官末吏。但，無論如何，總是晉朝的臣子。因此在劉裕篡晉之後，便不肯寫劉宋的年號，但書干支。並有他本名「淵明」，劉宋篡晉後，更名爲「潛」之說。

梁啓超於此不以爲然，認爲他對當時君主官僚政治的腐敗，深惡痛絕。不管是司馬家或劉家，都是魯衛之政，沒有分別。所以：「如果他爭什麼姓司馬的，姓劉的，未免把他看小了。」

他深惡痛絕當時的腐敗政治，絕對是可信的。但，他這一改變「紀年」方式之舉，也絕非偶然；只是，未必出於對晉朝的「忠愛」。而是，做爲一個讀書人，自有其原則與風骨。當然，他所寫的〈桃花源記〉，描繪出了他所嚮往的政治和社會形態，但那個理想國並不存在於現世。當身處於篡弒頻仍的世代，他，一個詩人，用什麼方式來表示他的悲憤和無力感呢？他的不書劉宋年號，不是對晉朝本身有什麼好感，忠於晉朝。而是忠於他自己的良知，不以篡弒爲是。這一點，我們可以從他在〈飲酒〉詩中，對伯夷、叔齊的推重看出：

> 積善云有報，夷叔在西山。善惡苟不應，何事立空言？九十行帶索，飢寒況當年。不賴固窮節，百世當誰傳？

伯夷、叔齊豈以商紂爲是？豈不知周武王比商紂賢能？仍以「恥食周粟」而餓死首陽山。陶淵明既推崇這樣的節操，豈能認可劉宋的年號？這實無關皇帝姓司馬，還是姓劉呀！

東家死人，西家助哀

——寒山子——

身世如謎

「寒山子」！在中國詩壇上，未享大名。事實上，他那些極「白話」的詩，介乎禪詩與佛偈之間，文字淺白，意蘊深奧。哲思佛理，探究無窮，本與一般文人詩賦有別。因此在以「文人詩」爲主流的詩壇，長久被世人忽略。因爲這些詩在繁花如錦的詩壇花園裡，有如一株不顯眼的野草，「不入時人眼」也是情理中事。直到千年之後，歐美「回歸自然」的「嬉皮」之風大熾，「寒山子」才一躍而被奉爲「嬉皮老祖宗」。也才被同文同種的中國人，重新發掘探究。也眞只有歸之「異數」了。

在探究追索的過程，卻把人陷入一團迷霧中。這帶有濃厚神話色彩的迷霧，使寒山子的身世、年代，都無法有個明確的交代。綜合諸家之說，他最早「出現」的記載，在唐貞觀年間。最晚的行蹤，卻已到了唐貞元末年。上下時代橫跨唐太宗、高宗、武后、中宗、睿宗、玄宗、肅宗、代宗、德宗，近兩百年！

就他自己的詩來看，他至少是活過一百歲的：

> 老病殘年百有餘，面黃頭白好山居。布裘擁質隨緣過，豈羨人間巧樣模。心神用盡為名利，百種貪婪進己軀。浮生幻化如燈燼，塚內埋身是有無？

寒山子，人耶？仙耶？神耶？佛耶？迄今仍是「一團迷霧」！

神龍初現

有關「寒山子」，最早，也該是最完整的資料，應是〈寒山子集序〉。作者自署是「閭丘胤」。在《臺州府志》中，有個閭丘蔭（也許是後來修「府志」時避宋太祖趙匡「胤」之「諱」改的），是貞觀年代的人。

閭丘胤在「序」中自稱：他將任臺州刺史。將行前，罹頭痛病，求醫無效。後來遇到一個自稱從天臺山國清寺來的禪師「豐干」，用清水一噴，霍然痊癒。閭丘胤因將赴臺州任，與天臺山甚近。乃問豐干：當地有何賢士，可以爲師？豐干答語，甚富玄機：「見之不識，識之不見。若欲見之，不得取相，乃可見之。寒山文殊，遯跡國清。拾得普賢，狀如貧子，又似風（瘋）狂。或去或來，在國清寺庫院走使，廚中著火。」

閭丘胤到任三天後，就打聽寒山、拾得其人。果然如豐干所云：這二人是在「國清寺」

落腳。閭丘胤大喜，專程前往拜訪。在廚房灶前，見到寒山、拾得。這兩個被視爲「瘋子」的高士，閭丘胤向他們行禮，他們手拉著手，哈哈大笑，叫嚷：「豐干，饒舌！饒舌！彌陀不識，拜我何為？」

此語似可解釋爲：豐干爲彌陀的化身。而笑閭丘胤「有眼無珠」。寺中僧眾見當地官員對他們行禮，而他們如此行徑，都十分不解。只見他們手拉手出寺而去。閭丘胤命人追隨，他們跑得飛快，跑回寒山子隱居的寒巖去了。

閭丘胤見他們衣衫襤褸，爲他們製新衣，和香藥，送到國清寺。但他們沒有再返寺中，乃命使者送到寒巖。見到寒山子，寒山子高唱兩聲：「賊！賊！」退入巖穴，丟下一句話：「報汝諸人，各各努力！」入穴而去，穴自動合攏，無法追蹤。拾得也不知下落。閭丘胤命寺僧道翹，收拾昔日寒山子隨處塗抹在竹、木、石、壁上的詩及文句，共得到三百餘首。輯爲《寒山子集》，並自序因緣始末。

回歸自然樂天眞

寒山和拾得，在後世人心目中，似乎是「焦不離孟，孟不離焦」的一對。就記載來看，兩人年齡應相差甚遠。寒山隱居於「寒山」的寒巖——寒山子因而得名時，年已衰朽。而拾得，是豐干禪師「拾得」的棄兒，攜回國清寺養育的。

這一老一小，是否如豐干所云，是文殊、普賢二菩薩遊戲紅塵？事涉玄奇，無以深究。但以寒山詩，與拾得的生平來看，寒山是曾歷紅塵，終於捨棄世情，返璞歸眞的高人隱士。而拾得則是未涉塵俗，爛漫天眞的童子。二人俱顯露出高蹈空靈，與宇宙自然渾化一體的天機，回到純眞如赤子的境界。

在世俗人眼中，寒山、拾得是一對老瘋子、小瘋子。成日家歌哭無端，「狀如貧子，形貌枯悴」、「樺皮為冠，布裘破弊，木屐履地」，形如乞兒。而他們的內蘊，卻直至今日，仍令是文明人「心嚮往之」，卻難以企及的境界。

事實上，不必附會文殊、普賢等神佛之說，就寒山子所留下的三百餘首詩偈，也自足千古。爲迷失於物質文明的世人，指出了一條回歸自然，使靈臺塵翳盡去，澄澈復來的「道」。不必假神佛之說，也自成馨逸了。例如：

杳杳寒山道，落落冷澗濱。啾啾常有鳥，落落更無人。磧磧風吹面，紛紛雪積身。朝朝不見日，歲歲不知春。

每一句的前兩字都用疊字，寫出了靜謐清淨的境界。又如：

時人尋雲路，雲路杳無蹤。山高多險峻，澗闊少玲瓏。碧嶂前兼後，白雲西復東。欲知雲路處，雲路在虛空。

可視為佛偈，亦深具哲理。這在「文人詩」中是少見的。

故事．公案

人問寒山道，寒山路不通。夏天冰未釋，日出霧朦朧。似我何由屆？與君心不同；君心若似我，還得到其中！

這首描寫有形的寒山的詩，豈不句句直指「靈山」？而能「似我（寒山子）心」的，也只有被豐干拾回，而終與寒山子俱化的「拾得」了。

在靈性上俱超凡入聖的二子，在「表相」上，卻是如何？拾得在國清寺中地位極卑微，不過院中掃地，廚下打雜。寒山呢？每至寺中「乞討」般的，吃拾得為他收儲眾僧吃剩的殘滓餘瀝。被寺僧逐罵追打之事，時時有之。

他們或歌或詠，獨言獨笑，卻無人深究內蘊，只以瘋言瘋語視之。只有禪師豐干，看出端倪。而豐干本人在寺僧眼中，也是個怪物：「唯攻舂米供養，夜乃唱歌自樂」。這種「自得其樂」，正是三人不同於凡俗之處。但，誠如豐干所云：「見之不識，識之不見。若欲見之，不得取相」，而能不以「相」取人的，又有多少？即使國清寺主，也不過一俗僧！有公案云：

寺主問拾得：「汝名拾得，豐干拾得汝歸。汝畢竟姓個什麼？在何處住？」

拾得放下掃帚，叉手而立。寺主罔測。寒山搥胸：「蒼天！蒼天！」

拾得問：「汝作什麼？」

「豈不見道：東家死人，西家助哀？」

二人作舞，哭笑而去！

寒山所說的「東家死人，西家助哀」，所助之「哀」，是「國清寺」住持自以為是，卻完全不具慧根，不識拾得以「動作」回應：身為「佛子」的可悲。

這二人的故事、詩、偈一直在世間流傳。愈傳愈玄。清雍正，封寒山子為「和聖」，拾得為「合聖」。仙名掩卻詩名，不知寒山子引為憾否？

鬥雞文章誤了前程
—初唐四傑・王勃—

遊戲文章誤一生

王勃，自幼穎慧，六歲就能寫文章，與二兄並稱爲「王氏三珠樹」。未及冠，就應「幽素舉」及第，又詣闕上〈宸遊東嶽頌〉、〈乾元殿頌〉，頗受當朝重視。沛王李賢慕名，聘他入府爲修撰，對他十分禮遇。

當時，諸王之間，流行「鬥雞」的遊戲，以各自府中養的雞，相鬥爭勝負爲樂。王勃在沛王與英王鬥雞時，少年心性大發，寫了一篇〈檄英王雞文〉，代沛王向英王挑戰。本是遊戲筆墨，卻惹起軒然大波。唐高宗看見了，爲之大怒，認爲這就是挑撥諸王兄弟不和，彼此爭鬥的開端。若不加遏止，恐怕會導致日後手足相殘。立刻下令：把王勃驅逐出沛王府。王勃就爲了遊戲文章，而丟了大好前程。

〈滕王閣序〉驚世文

王勃的父親，貶謫到交趾（今越南北部紅河三角洲流域）。王勃爲了省親，路過南昌。

那時，閻伯嶼正任南昌都督，剛重修了「滕王閣」。趁著重陽佳節，大宴賓客。主要的目的，是要讓他的女婿爲「滕王閣」作一篇文章，好好出一次鋒頭。

在令女婿出面之前，他假意請在座的客人來作。客人們都老於世故，知道他的用心，個個都遜讓謙辭，不肯接受。遇到臨時到來，湊巧趕上盛會的王勃，不明就裡。見到主人禮讓作記，毫不客氣，在主人預備好的書案前坐下，提筆就寫下了〈滕王閣序〉。

閻伯嶼心中惱恨他不識相，又礙於禮貌，無法攔阻。藉口離席，避在一邊生氣。命書吏隨時傳報：那不識相的傢伙，寫了些什麼？準備抓住破綻，好好挖苦他一頓，以出心中的惡氣。

打定主意，他仔細聽書吏傳來的文章內容。原先還頗有不屑之意，逐漸爲之改容。當聽說王勃寫出「落霞與孤鶩齊飛，秋水共長天一色」這千古名聯時，爲之驚嘆折服。顧不得爲女婿生氣，來到席前，把王勃奉爲上賓，賓主盡歡而散。

他在〈滕王閣序〉後，還寫下了〈滕王閣詩〉：

滕王高閣臨江渚，佩玉鳴鸞罷歌舞。畫棟朝飛南浦雲，珠簾暮捲西山雨。
閑雲潭影日悠悠，物換星移幾度秋！閣中帝子今何在？檻外長江空自流！

愧在盧前，恥居王後

——初唐四傑．楊炯——

愧在盧前，恥居王後

楊炯與王勃、盧照鄰、駱賓王齊名，號爲「初唐四傑」。當時士林給他們的排名是：「王楊盧駱」。

楊炯自己對這一排名順序，頗有異辭。他說：「排在盧照鄰之前，我愧不敢當；排在王勃之後，我卻引以爲恥！」

與之同時的崔融、張說對他這一說法，有不同的見解。崔融說：「這三個人，旗鼓相當，楊炯說的是可信的。」

張說則認爲：「楊炯的文章，像瀑布一般，聲勢驚人。彷彿取之不盡，用之不竭。勝過盧照鄰，卻不亞於王勃。所以，他說『愧在盧前』，是他自謙。『恥居王後』，卻是事實！」

有一首〈從軍行〉，是他的名作，頗有班超「投筆從戎」的氣概。

烽火照西京，心中自不平。牙璋辭鳳闕，鐵騎繞龍城。雪暗凋旗畫，風多雜鼓聲。寧為百夫長，勝作一書生！

麒麟楦

楊炯才華橫溢，不免恃才傲物。他譏諷當時在朝的士林人物是「麒麟楦」。大家都不解其意，他解釋說：「在民間雜耍的技藝中，有一種『麒麟戲』。把畫著麒麟形狀的外皮，蒙在驢子身上。乍看，彷彿是吉祥珍異的麒麟。把外皮剝了，依然是驢一隻！」

這種尖酸刻薄的論調，使當時士林十分不滿。當然，在仕途上他也就很難得到賞識提拔而一帆風順了。後來，他外放盈川令。宰相張說特別勸誡他：「爲政不能過於苛刻。」

可是他本性難移，爲政殘酷，成爲一個人所厭憎的酷吏。

五悲人生

──初唐四傑·盧照鄰──

一世不遇五悲文

盧照鄰，是一個不幸的文人。雖懷驚世之才，卻困於病厄。又與時代格格不入，以致於一世不遇。

在唐高宗的時代，重視幹練務實的「能吏」，而他，是個尊崇儒道的書生。武后當政，崇尚「法家」的「嚴刑峻法」，而他卻是主張「無爲而治」的「黃老」信徒。到了後來，武后在嵩山封禪，舉行祭天大典，詔聘天下賢才。而他，已因篤信道教，服食丹藥中毒。以致手足痙攣，力不從心了。因此，他作了一篇〈五悲文〉，自傷身世的坎坷，和造化弄人的不幸。他所悲的，一悲才難，二悲窮道，三悲昔遊、四悲今日，五悲人生；說盡了他一世不遇的心酸。

他晚年，住在穎水之濱。老早就把自己的墓穴打點好，時常默然躺在墓穴中沉思。對人世際遇，感慨萬千。最後，在與親屬訣別後，自沉穎水自殺。可以說是一個完完全全的悲劇人物。

他的〈關山月〉詩，寫征夫、思婦的悲歌，頗有「反戰」的意味：

塞垣通碣石，虜障抵祁連。相思在萬里，明月正孤懸。影移金岫北，光斷玉門前。寄言閨中婦，時看鴻雁天。

讓宰相有過的人才
—初唐四傑・駱賓王—

野有遺賢，宰相之過

駱賓王，也是天生穎慧的才子，七歲便能賦詩。武后時，因上疏言事，得罪入獄，寫下了著名的〈在獄詠蟬〉詩：

西陸蟬聲唱，南冠客思侵。那堪玄鬢影，來對白頭吟。露重飛難進，風多響易沉。無人信高潔，誰為表余心？

後來遇赦，授臨海縣丞，他棄官不就。到徐敬業舉兵討伐武后時，他被徐敬業羅致，代撰〈爲徐敬業討武曌檄〉，歷數武后罪狀。

武后見檄，一開始，以嘻笑的態度，信口而讀，不以爲意。在讀到「一抔之土未乾，六尺之孤何託」時，爲之震懾。問：「這是誰寫的？」

侍臣答：「是駱賓王。」

武后嚴肅地說：「這樣的人才，被埋沒而沒有重用，是宰相之過！」

徐敬業事敗，駱賓王也不知逃到何方去了。卻留下了不少傳世的詩篇。像〈易水送別〉：

此地別燕丹，壯士髮衝冠。昔時人已沒，今日水猶寒。

靈隱寺中一孤僧

宋之問被貶，經過杭州，遊靈隱寺。半夜睡不著，在月下吟詩。口中念著：「鷲嶺鬱苕嶢，龍宮隱寂寥」，苦思下一聯，無法接續。便沿著長廊，一邊踱步，一邊苦思，口中念念有辭。

一個老和尚，在燈下打坐，被他驚擾。問：「年輕人！夜深了不睡覺。這麼苦吟，是做什麼？」

宋之問說：「想為『靈隱寺』題一首詩，只得了兩句，卻想不出如何往下接。」

他把那兩句念給老和尚聽。老和尚微笑：「何不道：『樓觀滄海日，門對浙江潮』？」

宋之問為之稱謝嘆服。到天亮，再想找這位老和尚，卻無蹤影。有人說，老和尚就是駱賓王，已乘桴浮海而去了。

名列《唐詩三百首》第一首 ──張九齡──

早熟的天才

張九齡，字子壽，是唐韶州曲江（今廣東韶關）人。他的才華，早在幼年時就顯露了，才七歲，就能作文。十三歲時，寫了一封自我介紹的信，給當時的廣州刺史王方慶。王方慶看了信，驚嘆爲「奇才」。預言：「這個孩子將來必成大器，前途不可限量！」

當時，張說正流放廣東。見到他，也非常賞識。到了他考上了進士，入朝爲官時，張說已當了宰相。對自己早就看出張九齡的不平凡，十分得意。因兩人都姓「張」，特別與他通譜系，認爲「本家」。逢人便稱道：「張九齡眞是文壇中後起之秀的第一人呀！」

他也眞沒有辜負賞識他的人，不但在文學上成爲初唐一代名家。在政治上，也是一代名臣。以《唐詩三百首》爲啓蒙詩集的人，所讀的第一首詩，就是張九齡〈感遇〉：

孤鴻海上來，池潢不敢顧。側見雙翠鳥，巢在三珠樹。矯矯珍木巔，得無金丸懼？美服患人指，高明逼神惡。今我遊冥冥，弋者何所慕？

公私分明

張說是對他有賞識提拔之恩的人，但對張說的某些作爲，他還是直言批評，並不因「私恩」而一味的迎合。那時，張說爲宰相，建議唐玄宗到泰山舉行「封禪大典」。禮成之後，封賞有功人員，張說就以皇帝的名義，大量的升賞與自己私交好的屬官。張九齡受命草詔，覺得不妥。勸諫道：「官爵，是天下的公器。應以德望爲先，交誼爲後。如今相公進用的人，大多是聲望不夠的官吏。而把清流隔絕於外，恐怕無以服眾。如今，還只是起草，修改還來得及。希望相公三思！」

張說剛愎自用，說：「我已經決定了。別人怎麼說，隨便他！」

張九齡沒辦法，只好照章草詔，並且設法爲張說疏通轉圜。但是沒有用，還是引起了軒然大波。張說因此被朝野人士攻擊得體無完膚，差點連命都送掉了。後人甚至編了一個「笑話」來諷刺這件事：

封禪後，張說的女婿連升了好幾級。有人問：「你何德何能，官升得這樣快？」

他的女婿答：「無他，此泰山之功也！」

明指「泰山封禪」之事，暗指是「岳父大人」出的力。甚至相傳：稱岳父爲「泰山」，就是從這件事上起的。張說於大唐的貢獻，無可否認。但這一件濫賞私人的行爲，卻成了一生的敗筆。

公忠體國

張說曾向唐玄宗推薦張九齡的才華。在張說死後，唐玄宗想起張說的好處，便調張九齡入京，召他爲秘書少監，集賢院學士，予以重用。

張九齡也不負所望，非常稱職。不久便被任命爲工部侍郎知制誥。他事母至孝，無意仕途，屢次請求辭官歸養。皇帝不許，但也很體諒他的心情，派他的弟弟爲嶺南刺史，以便就近照顧老母。後來，他的母親去世，他回家奔喪，盡哀守制。但皇帝覺得朝中少不了他，下詔「奪哀」。也就是：不許他依禮在家鄉守三年之喪，而要他以公務爲重，戴孝辦公。並任命他爲同中書門下平章事（宰相）。

他爲人耿直，學問淵博，人品高尚，很受皇帝器重。使權臣李林甫對他十分疑忌。當時，范陽（今北京一帶）節度使張守珪，與契丹打仗，戰功彪炳。皇帝想拜他爲「宰相」，來酬庸他的功勞。張九齡力諫不可，說：「宰相，是代天子治理國家大事的重臣。必須有適合的人選，才能授以這一職位，不可以用來酬庸功勞。」

皇帝說：「不給他實權，就給他名義如何？」

張九齡嚴肅的說：「名器豈是能假借的？他不過是打敗了契丹，陛下就要給他宰相的名位。那如果有人打敗了東北的突厥，陛下要給什麼名位呢？」

他的意思是：「宰相」已位極人臣。打敗契丹就拜他爲相，那打敗了更強大的突厥，勢必得給更高的位子；難道把皇帝的寶座讓他？唐玄宗一想，果然不妥，因此打消了這念頭。

唐玄宗又想任命涼州都督牛仙客爲尚書。牛仙客根本是不學無術的奸佞之輩，張九齡老實不客氣的說：「當年，韓信是個壯士，而羞與周勃、灌嬰爲伍。陛下若重用牛仙客，臣也羞與爲伍！」

唐玄宗因此心中不悅。李林甫乘機進讒，使他因而罷官。從此，李林甫更加專權跋扈。朝中再沒有忠諫之臣，也沒有了制度，升貶遷徙只看皇帝高興了。雖然如此，唐玄宗還是對他的風度十分心折，以他爲大臣的典範。有人推薦官員時，唐玄宗常問：「這個人的風度，比張九齡如何？」

堅守立場

唐玄宗有許多兒子，他當時最寵愛的妃子是武惠妃。武惠妃是武則天的侄孫女，還眞繼承了武氏家族的野心。她生了壽王李瑁，就居心叵測，想讓唐玄宗廢了太子李瑛，改立李瑁爲太子。

那時，張九齡身爲宰相。在發覺了武惠妃的野心之後，便處處維護太子，不令武惠妃陰謀得逞。武惠妃不得已，改變策略，想籠絡他。就派了官奴牛貴兒去拜訪他，並且保證：只要他肯「合作」，事成之後，一定能長保高官厚祿，享一輩子的榮華富貴。

張九齡怒斥：「宮闈之中的人，怎可以隨便與外臣交通？」且立刻把這件事奏明皇帝，使皇帝有所警覺。因此在他任內，太子一直沒有受到傷害。但他去職之後，武惠妃終於野心得逞；聯合了李林甫，演出了誣殺太子，骨肉相殘的慘劇。

先見之明

張九齡善於相人，他第一次看到安祿山時，就向同僚說：「將來禍亂幽州的，大概就是這傢伙了！」

安祿山曾以兵敗爲捕，送到京中治罪。張九齡力主把他處死。說：「這個人，具狼子野心，又具叛相。如今有罪，正好趁此機會除掉他，以免除朝廷的心腹大患。」

唐玄宗不以爲然，說：「你不可以因爲他有胡人血統，心存成見，陷害忠良！」

到後來，安祿山果然造反了。唐玄宗在受盡流離顚沛之苦時，才後悔當初沒有聽信他的話：「早知道，我當初就該聽從張九齡的話，殺了安祿山！殺了他，就不會有今日的災禍了！」

可是，天下什麼都有，就是沒有「早知道」！等事情發生之後，再後悔，也來不及啦！

因一首詩被特赦的詩人

——王維——

一曲琵琶動貴主

王維，字摩詰，唐河東蒲州（今山西運城）人。他是一個博學多才的人物。除了世人共知的詩、書、畫之外，音樂的造詣，也超人一等。唐人薛用弱《集異記．王維》中有一則記載：

王維年未弱冠（二十一歲），已以文章詩賦名動公卿。他妙解音律，尤擅琵琶。當時，參加鄉試，往往要倚傍有權勢的貴族，才有爭取「解頭」（鄉試第一名，又稱解元）的機會。他自負文才，不甘屈居人下。但不「走後門」，光憑文才，也爭不到第一。

一向看重他的岐王李範，是唐玄宗的弟弟。岐王知道：他想爭取的「解頭」，已被「內定」了；當時權勢最大的人，是皇帝最寵愛的同母胞妹「九公主」玉眞。而她已承諾把「解頭」給當代的名士張九皐了。就爲他設計：讓他假扮樂人，混進玉眞公主府。先讓少年英姿煥發的王維，彈奏一曲琵琶〈鬱輪袍〉，贏得公主驚喜。再讓他呈上平日所作的詩「請教」。公主讀著他呈獻的詩，大吃一驚：「這些詩，都是我平日喜愛並熟讀的！我還以爲是古人的作品呢。原來是你寫的！你既有如此才學，應該參加鄉試，出仕爲國效力。」

岐王告訴公主：王維志在「解頭」。聽說解頭已「內定」了，他才學過人，不甘屈居人下，所以猶豫。公主笑道：「哦，是這樣呀。我原本應許了張九皐，但這個人，我也不認識，不過是受人之託而已。既然如此，我幫你爭取『解頭』就是了。」

那時，科舉考試還沒有「彌封」的制度，得中與否，往往跟本身的才學沒有直接關係，而是看「靠山」的勢力有多大；實在非常不公平。因爲往往還沒考試，名次已經「內定」了。也因此，這位唐玄宗最寵愛的妹妹玉眞公主，勢力大到可以「指定」解頭給誰！

那年京兆鄉試，王維果然得了「解頭」。後來又參加進士考試，得中進士。

「走後門」雖不足爲訓。但，一則當時他年輕氣盛。二則實在是當代的風氣如此，也就不能深責了。

救命〈凝碧詩〉

天寶之亂，安祿山攻陷兩京。唐玄宗倉皇出走，駕幸西蜀。文武百官，陷身「淪陷區」的很多。安祿山「稱孤道寡」之餘，迫令這些官員接受他的任命，以示擁戴。王維忠於唐室，不願靦顏事仇。服下痢的藥稱病，又僞裝失音，希望能逃過這一「劫」。安祿山一向仰慕他的文名，就把他軟禁在東都洛陽的普施寺，逼他仍任「給事中」的舊職。

唐玄宗酷愛音樂，梨園教坊常競奏新聲。安祿山附庸風雅，在洛陽的「凝碧池」大開筵席，命樂工奏樂助興。王維聽到這些耳熟能詳的曲子，想起京師昔日的繁華，與歌舞昇平，君臣晏樂的情景。如今，大唐天子蒙塵，安祿山竊據江山。不禁感慨萬分，悲從中來。作了一首〈凝碧詩〉：

萬户傷心生野煙，百官何日再朝天？秋槐葉落空宮裡，凝碧池頭奏管絃。

這道盡他心中悲苦與忠愛之情的詩，輾轉流傳到了行在（天子所在的行宮），傳到唐肅宗耳中。唐肅宗心中嘉許，也由此了解他身陷賊中，身不由己的無奈和痛苦。

安史之亂平定，肅宗回鑾。陷賊而任職賊廷的官員，分三等治罪。王維因有〈凝碧詩〉表明心跡。又加上他任刑部侍郎的弟弟王縉，請求削去自己的官職，爲兄贖罪，因而感動了唐肅宗。特赦王維，責授太子中允。後來陸續遷升到尚書右丞；王維世稱「王右丞」，就由此而來。

心性淡泊，篤信佛教

王維事母至孝，居母喪，悲痛到形銷骨立的地步。與兄弟也十分友愛，棠棣之情爲人稱道。夫妻感情也極好，因此，愛妻去世後不再續絃，獨居達三十年之久。

他少年時代，雖曾爲功名而「走後門」。年事漸長，深爲少年輕狂懊惱。也逐漸看淡富貴榮華的虛幻，反璞歸眞。尤其經過安史之亂的一番翻覆，更無心於功名利祿。晚年虔心向佛，吃長齋，不衣文綵。生活極爲簡樸，齋中全無陳設，只有茶鐺、藥臼，經案，繩床而已。

在未退休前，他下朝之後，或焚香默坐，以誦經禮佛爲事。或與僧侶參禪，以玄譚爲樂。心如止水，無心世事。

退休後，他在輞川口，買下了前輩詩人宋之問的藍田別墅，隱居其間。與道友、文士相與往還。吟詠嘯歌，彈琴作畫，閒淡自適的逍遙度日，可說是已到達心無塵滓的境界。〈終南別業〉一詩，頗具有代表性：

中歲頗好道，晚家南山陲。興來每獨往，勝事空自知。行到水窮處，坐看雲起時。偶然值林叟，談笑無還期。

〈山居秋暝〉也是這段時期的名詩：

空山新雨後，天氣晚來秋。明月松間照，清泉石上流。竹喧歸浣女，蓮動下漁舟。隨意芳春歇，王孫自可留。

臨終前，因弟弟王縉在鳳翔任官，他索筆給王縉寫信訣別。又給平生親朋好友，寫了幾封訣別信，勸他們奉佛修心。信寫完，放下筆，便安然溘逝了。

皇帝慕名索詩

王維死後，唐代宗即位。他的弟弟王縉作了宰相。愛好文學的代宗，詢問王縉：「你的哥哥王維，在天寶年間，詩名冠代。那時，朕曾在諸王府中的筵席上，聽了不少他的詩歌。現在還有多少詩文留存？你可以呈送上來。」

王縉回奏：「臣兄在開元年間，所作的詩，數以千計。經過天寶的變故，留下的，不到十分之一。前些時，臣遍訪親朋故舊，搜集編纂，總共得到四百多首。」

第二天，王縉便把他所編纂的王維詩集，呈獻給代宗。代宗欣賞之餘，優詔褒賞。這也算王維身後哀榮了。

不忌食而死的詩人——孟浩然——

一聯出口，四座擱筆

盛唐時，與王維齊名，以歌詠自然的「五言詩」名世的詩人，是孟浩然。人稱「王孟」。他的〈過故人莊〉一詩，傳誦至今，膾炙人口：

故人具雞黍，邀我至田家。綠樹村邊合，青山郭外斜。開軒面場圃，把酒話桑麻。待到重陽日，還來就菊花。

孟浩然少年時代，隱居於鹿門山。四十歲，才出山求仕。來到京師，當代名流爭相結交。

一日，他閒遊秘書省，正好一干文士，正在雅集作詩。那天，正值雨後，秋月新霽。孟浩然即景生情，吟了兩句：

微雲淡河漢，疏雨滴梧桐。

在座的詩人，擊節嘆賞之餘，紛紛爲之擱筆；見到這兩句「絕唱」之後，再也作不下去了。

與他同時的詩人：張九齡、王維、李白、杜甫，無不對他推崇備至。詩文的造詣，由此可知。

以詩求名，以詩忤聖

李白〈贈孟浩然〉詩：

吾愛孟夫子，風流天下聞。紅顏棄軒冕，白首臥松雲。醉月頻中聖，迷花不事君。高山安可仰，徒此挹清芬。

由此詩看來，似乎孟浩然是超然物外，淡泊功名，不願入仕的隱者。事實上，孟浩然曾有一首〈臨洞庭上張丞相〉詩：

八月湖水平，涵虛混太清。氣蒸雲夢澤，波撼岳陽城。欲濟無舟楫，端居恥聖明。坐觀垂釣者，徒有羨魚情。

詩中所流露的，分明是熱衷出仕，請求援引。可知，他的不仕，並不是「不願」，而是「不遇」。如此，他的隱居，也可說是出於無奈了。

事實上，他本有很好的機會出仕的。當時的唐玄宗，也曾聽說過他的詩名，而且，相當欣賞。在機緣湊巧下，他也曾得以面聖。

王維在宮中待詔，把他挾帶到宮中，談詩論文。玄宗忽然駕臨，孟浩然倉卒躲到床下。王維不敢隱匿，奏明玄宗：孟浩然在場。玄宗因早聽說過他詩名，也不曾見怪。命他出來，並殷殷詢問他的詩作。

照理說，這樣的機會，他若好好把握，應該是可以「平步青雲」的。不料，在玄宗命他吟詩時，他在沒有心理準備的倉促之間，吟出的是〈歲暮歸南山〉：

北闕休上書，南山歸敝廬。不才明主棄，多病故人疏。白髮催年老，青陽逼歲除。永懷愁不寐，松月夜窗虛。

玄宗聽到他帶著怨懟意味的兩句：「不才明主棄，多病故人疏」，心中十分不悅。把臉一沉：「朕何嘗棄你？你自己不求仕進，爲什麼還誣賴朕？」

不但沒有授他官職，還命他照著詩中的「南山歸敝廬」：回終南山隱居去！

孟浩然就爲了選詩不當，而一世白衣！但說來也怪不得唐玄宗生氣；他的那首詩，眞的充滿了不甘心的怨氣；又怪皇帝不賞識，又怪朋友太現實，眞的讓人聽了會很不愉快。

及時行樂誤良機

孟浩然另一次出仕的機會。卻是他自己放棄的。

山南採訪使韓朝宗十分欣賞他，有心把他薦給朝廷。因此，在回京時，邀他同行。並約好日期，爲他引見。

到了約定與韓朝宗一起赴京的那一天，孟浩然正好和朋友們聚會，飲酒賦詩，興高采烈。

有人提醒他和韓朝宗的約會。他不耐煩的說：「我正喝酒喝得開心，還管其他的事？」

究竟他是眞不介意，還是因爲有和玄宗的芥蒂在先，知道「事不可爲」而逃避？就沒人知道了。

捨命陪君子

仕途絕望，孟浩然倒是更自由放曠，回歸自然了。雖然，可能仍拂不去心頭那一點失意與不平。畢竟，他還是一個秉性自然率眞的人，倒也能拋開這一層「不遇」的沮喪，「及時行樂」的逍遙度日。

開元二十八年，詩人王昌齡遊襄陽，與孟浩然相見。兩人惺惺相惜，愈相處，愈投契。那時，孟浩然正罹患「發背」的惡疾。發背，是長在背上的毒瘡，有致命的危險。必須非常小心飲食，善加治療調養，才有希望痊癒。

但是孟浩然見到王昌齡太興奮了。爲了盡地主之誼，殷勤款待，陪著吃喝談笑，忘了顧忌。不小心吃了會引發毒瘡的魚類，竟因此病發，不治而死。享年五十二歲。

王維、孟浩然在唐代詩壇上齊名，詩風也相近。但在際遇上、性情上，乃至後來的自身修養，都有差異。王維少年成名，仕途得意。因篤信佛理，又經天寶之變，看破世情，反璞歸眞，心境平和恬淡無求。屬於擁有過了，主動放棄世俗名利的人。因爲是自己選擇「放棄」，所以沒有掛礙，心平氣和的「反璞歸眞」，重返自然。孟浩然卻是因「懷才不遇」，得不到功名利祿，並非出於主動的捨棄。能不流於偏激頹廢，已是難能可貴的修養了。平靜的表象下，恐怕仍不免存在暗潮起伏的不平之氣。率性任眞，竟至於死；換成了王維，這樣的事，大概是不至於發生的。

此天上謫仙人也——李白——

長庚入懷，天縱奇才

李白，字太白，號青蓮居士。唐代著名詩人。

他之所以被取名爲「白」，有一段近於「神話」的傳說。他的母親曾夢見「長庚星」投入懷中，而生了他。長庚星，又名「太白星」，因此他的父親以「白」爲他取名，而以「太白」爲字。後世因他的詩充滿了「仙氣」，而奉上了「詩仙」的名號；看來，好像他的出身還眞有些「來歷」。

他的籍貫、身世和成長歷程，也有許多傳說。他自己說：他的祖籍是隴西成紀（今甘肅天水）人，先世與李唐皇室同宗。據考，他的祖先曾在隋末因罪流放西域，使他的父親引以爲恥，所以自稱「李客」；也就是「客居」於此之意。

幼時，他隨父親遷居到巴蜀綿州（今四川江油）。四歲啓蒙，少年時就接受了傳統的「經史子集」的文史教育。

小孩子沒有不貪玩的，他也曾因爲貪玩而荒廢學業。有一次他又「逃學」跑到城外玩。

經過一條小溪邊，看到一個白髮老婆婆，在溪邊的石頭上，拿著一根鐵棍認眞的磨著。他很好奇，問老婆婆磨鐵棍做什麼？老婆婆抬頭看了他一眼，又低下頭繼續工作，口中回答他的話：「我要把這根鐵杵，磨成繡花針！」

他聽了，簡直被這個答案嚇到；鐵杵是多麼粗，又多麼堅硬的東西！繡花針卻是多麼細小尖銳！那要磨到那年那月呀？他覺得這事太不可思議，就向老婆婆提出他的疑問。老婆婆和藹又認眞的說：「滴水能穿石，愚公可移山！天下那有做不到的事？鐵杵雖然粗，只要我有恆心，肯下功夫，天天這樣磨，總有一天能做到！」

他聽了這話，如受重擊。想了想，又非常感動：老婆婆年紀那麼大了，都不畏艱難，這樣有恆心的去做「鐵杵磨成繡花針」的事！自己卻貪玩，不肯好好讀書，豈不羞死、愧死！當即向老婆婆道謝，跑回家，努力讀書，再也不貪玩逃學了！也因此留下了「只要功夫深，鐵杵磨成繡花針」的名言。因爲老婆婆自稱姓「武」，至今，那條溪邊還有一塊石頭稱「武氏岩」。

但這個「傳說」故事實在荒誕不經；在現實人生中，發生的可能性太小！繡花針是既便宜，又很容易買到的東西，不太可能有人會拿鐵杵去磨。只能當個激勵人勤勉有恆的「寓言故事」，不能當眞。寫出來，也不過聊備一說。

遊山玩水，文武雙全

他性格聰明爽朗，不拘小節。除了習文，又因好武，也習擊劍。他尙義輕財，樂善好施，喜歡行俠仗義，打抱不平，在當代頗有「俠」名。青年時代，經三峽離開了四川，到處遊歷；傳說他的足跡「南窮蒼梧，東涉溟海，還憩雲夢，北遊龍門」，東南西北的到處都遊歷遍了。當然增長了許多見聞，結交了許多朋友，也寫下了許多著名的詩篇。

所謂「行萬里路，讀萬卷書」，因此，他的眼界與格局，與當代只知閉門苦讀，參加進士科考，以博取富貴功名的讀書人，也就大不相同了！他的詩風，清新飄逸，瀟脫豪邁，與他遊山玩水，嚮往神仙，結交修道之士，應該有很大的關係。

太子賓客，驚爲謫仙

他除了讀書、擊劍，也喜好修道，崇慕神仙。因此在旅遊中，結交了許多修道人士。他雖然自負才學，但似乎不屑於循正途由「科考」入仕；也有後人認爲：他的身世頗有「難言之隱」。而參加科舉，是要寫出「三代履歷」，並經過官方考核的。也許因此他也就放棄了這條「正途」。

他成長的階段，時常爲當代的公主、官員作詩，明顯的是希望能得到推介援引；當時，除了科考，也可以由達官貴人推薦爲官的。但讓他失望的是：雖然很多人對他的詩表示賞識，並沒有得到這些「貴人」眞心的推薦，提拔援引他入朝爲官。

唐朝姓李，因與「老子」李耳同姓，也崇信道教。天寶年間，他在會稽結識了道士吳筠，非常友好。當時，朝廷常召請各地知名的道士入京說法講道，或做法事。吳筠被召，他也跟著吳筠到了長安。

他到長安後，聽說「太子賓客」賀知章，是當代名重一時的詩人，又最喜歡提拔推薦年輕人。就特別帶了自己歷年所作的詩文，去拜訪賀知章。賀知章讀了他的詩文，驚爲奇才。嘆賞說：「此天上謫仙人也！」

馬上將官服上佩帶的「金龜」解下來，換了酒宴請他。兩人把酒言歡，相識恨晚。賀知章獎掖提拔人才的聲名不虛，不僅是口頭表示對他詩文的欣賞推崇而已，而且立刻就把他推薦給了朝廷。唐玄宗看了賀知章的薦表，和同時送來的李白詩文，也對他非常禮遇；親自在金鑾殿接見，聽他高談闊論。以他的博學，又兼各地遊歷的見聞，使唐玄宗十分佩服。他又獻奏了一篇「頌辭」，皇帝更爲之大喜。不但賜食，還親自爲他調羹。在他因酒醉嘔吐的時候，還用皇帝御用的手巾，爲他拭吐。雖然他不曾參加科舉考試，沒有「進士」功名，也破格拔擢，任命他爲「翰林院待詔」（又稱翰林供奉），成爲「李翰林」。

沉香亭與清平調

他非常好酒，時常喝得爛醉如泥，而且在酒醉後，更能作出「驚才絕豔」的詩。被後世稱許為「詩聖」的詩人杜甫，後來曾為當代喜愛飲酒的八個知名人物，寫下了〈飲中八仙歌〉。其中寫李白的幾句最為「經典」：

李白斗酒詩百篇，長安市上酒家眠，天子呼來不上船，自稱臣是酒中仙。

四句詩，寫盡了李白的喜好飲酒，與率性任真，放誕風流。

唐人的當代風氣最愛牡丹。有一次，宮中御花園中的沉香亭畔，牡丹盛開。唐玄宗與貴妃楊玉環，雙雙到沉香亭賞牡丹，樂工也在一邊奏樂助興。他們兩位可說都是非常喜愛詩文、音樂、歌舞，本身也具有很高藝術修養與品味的藝術家。唐玄宗聽著樂工演奏的傳統音樂時，說：「對妃子，賞名花，怎麼能聽舊曲？」

立時傳旨：命「翰林院待詔」李白入宮來為貴妃寫新詩！

翰林「待詔」，可以解釋為「等待皇帝召喚」的翰林學士。平時並沒有什麼固定的行政公務；主要工作，就是在皇帝召喚的時候，為皇帝作文、寫詩。所以，李白閒暇的時候很多，總在酒樓上與朋友們歡聚喝酒，往往喝得爛醉如泥。

侍衛們都知道：要找李白，到他喜歡的酒樓去找準沒錯！他們在酒樓上找到他的時候，他已醉得不省人事。被這些侍衛們半拖半拉，半扶半架的帶到沉香亭皇帝面前。看他醉得不像樣，皇帝讓左右侍從、宮女，拿水給他洗臉，才讓他清醒了一些。

對他酒醉，唐玄宗見怪不怪。就命宮中美人磨墨，楊貴妃親自捧硯，「侍候」他寫「對妃子，賞牡丹」的新詩。

他提起筆，即情即景的就寫了〈清平調〉三章：

雲想衣裳花想容，春風拂檻露華濃。若非群玉山頭見，會向瑤台月下逢。
一枝紅豔露凝香，雲雨巫山枉斷腸。借問漢宮誰得似？可憐飛燕倚新妝。
名花傾國兩相歡，長得君王帶笑看。解釋春風無限恨，沉香亭北倚欄杆。

當時，這三首詩讓唐玄宗和楊貴妃都非常欣賞、滿意；卻沒想到，這三首傳唱一時的新詩，也成爲他後半生不遇的「禍根」。

力士解詩，貴妃懷恨

唐玄宗身邊有個非常受寵信的太監「高力士」。

他本不姓「高」而姓「馮」，出身也很高貴。後來因他的父親犯罪，才十歲的他，被閹割送到宮中服役。他在宮中長大，曾習詩書，所以頗見多識廣。因身強體健，又習騎射，練就了百步穿楊的本領。宮中因他孔武有力，武藝高強，都敬稱他爲「馮力士」。武則天對他也很賞識，爲了抬舉他，命一個有地位的大宦官高延福收他爲「義子」，因此他改姓爲「高」；「高」這個姓，幾乎也可以說是武則天給他的「賜姓」了，所以宮中人也改稱他爲「高力士」。

他雖然是個太監，卻是個忠直有見識，既謹愼又果斷，並具文韜武略的人。曾在唐玄宗即位之初，協助玄宗平定了韋后與太平公主之亂，而成爲唐玄宗的心腹親信。本來唐朝的制度，宦官最高的官位，只能做到三品。他卻因著唐玄宗的格外寵信，官拜一品。並因他當年平亂的功勳，拜爲「大將軍」。

他對唐玄宗非常忠誠，曾多次勸諫唐玄宗：不可太寵信李林甫、楊國忠、安祿山。認爲這三個人都不是「賢能」之輩，而且各自心懷鬼胎，將會危害唐室政權。唐玄宗當時不以爲意，後來卻都驗證了他的先見之明；這三個人，果然都成爲導致唐朝由盛轉衰的關鍵人物。

因唐玄宗的寵信，使他的勢力、聲望大到什麼程度？連東宮太子都以「兄」稱之，其他諸王、皇子、公主都稱之爲「翁」。一般皇親國戚，更恭維奉承的稱他爲「爺」，朝中沒有官員敢得罪他。

有一次，李白又喝得大醉，應詔起草詔書（傳說中的「醉草嚇蠻書」），高力士則在一旁侍候皇帝。李白寫著寫著，大概覺得穿著鞋襪拘束，竟把腳一伸，要高力士爲他脫靴。當場令高力士非常難堪；但那時唐玄宗對李白十分寵信，他又正在爲皇帝寫詔書。爲了顧全大局，高力士沒有當場發作，乖乖照辦。但引爲奇恥大辱，懷恨在心。

實在說，這也不能怪高力士。因爲以他當時的身分、地位，即使是皇帝，也不會要他做這種低賤卑微，屬於「小太監」做的事了！而且，高力士既是一品高官，又拜大將軍；相較起來，李白的地位，也比高力士低得太多！他這種恃寵而驕，又傲慢、輕侮的態度，換了任何人，恐怕也都難以接受。所以高力士決定要找機會好好的報復他。

機會來了！不久，高力士奉命到楊貴妃宮中傳話時，看到楊貴妃手中正捧著李白作的〈清平調〉曼聲吟詠。高力士故作驚訝的說：「我以爲貴妃會因〈清平調〉生氣，怎麼全不介意呢？」

楊貴妃很詫異：「他寫這麼美的詩讚頌我，我爲什麼要生氣？」

高力士一臉憤慨的說：「他在詩中寫著：『借問漢宮誰得似，可憐飛燕倚新妝』；在漢朝，趙飛燕雖然深受寵愛，又曾被封爲皇后。後來卻因殺害后妃和皇室子孫，又毒害天子的罪名而廢爲庶人，最後畏罪自殺而死，是個受千古罵名的人！李白竟敢以她來比擬貴妃，豈不是羞辱貴妃！」

楊貴妃其實是個有點天眞爛漫的人，從沒想到過這一點。一經提醒，爲之大怒！後來，在唐玄宗想要召見或重用李白時，就千方百計的阻止。唐玄宗其實也並沒有眞正器重他的才能，只不過當他是個陪著風花雪月，侍宴吟詩的「皇家清客」。天長日久，也不稀奇了。又因楊貴妃的作梗，就疏遠了他。

他自己心裡明白：一定有人在皇帝面前說了他的壞話，非常沮喪。也心知肚明：他在皇帝眼中，不過是個「御用詩人」；再有什麼政治理想與抱負，都沒有施展的希望。就益發的放浪形骸，飲酒無節。天長日久：覺得自己留在京師，當這麼個沒有尊嚴的「翰林待詔」，實在無趣。何況，明擺著皇帝也漸漸厭倦疏遠他了。與其這樣卑微的委屈而求不了「全」，不如自己識相，離此「是非之地」。就上書請求皇帝放他「歸山」。唐玄宗也並沒有挽留他，「賞」了他一筆錢，就把他「打發」走了。

他回復了自由，離開京師，落魄江湖。相傳，他曾騎驢經過華陰縣衙。在那時代，「縣衙」是「父母官」辦公的尊貴所在，平民百姓，經過衙門口，都應下車、下馬走過去。而以他曾經享有過的富貴尊榮，那會把小小縣衙看在眼裡？當然大咧咧的騎著驢經過。縣令大怒，命人把他抓了，要他寫「自供狀」。他提筆就寫：「曾用龍巾拭吐，御手調羹，力士脫靴、貴妃捧硯。天子殿前尚容走馬，華陰縣裡不得騎驢？」

華陰縣令可能也聽說過他的「顯赫」事蹟，當即向他陪罪，把他放了。

到處流浪的他，到了金陵，遇到也被杜甫寫入〈飲中八仙歌〉，當下正被貶謫到金陵的崔宗之。都「人生失意」的兩個人，穿著宮錦袍，坐在舟中，旁若無人的飲酒談笑，引得江邊百姓指指點點。由這些事可知：他對當日的「風光」還是引以爲榮，並不是不在意的。

同樣是遊山玩水；一則他老了，二則曾經過京師的這一段被皇帝青睞，被周圍的人奉承禮遇的「風光」，恐怕也很難找回當初單純且「無所掛礙」的心境了。這一種從「青雲」跌落「塵世」的悲哀，恐怕滋味也不是好受的。

《孟子．告子》：「趙孟之所貴，趙孟能賤之。」富貴功名往往是「怎麼來，怎麼去」；但人常會在青雲得意時「忘了我是誰」；他後來的失意，不也是因爲他當時太得意、太狂傲、太目中無人了？

相知相惜，救人救己

早年，他遊并州時，郭子儀還是個小軍官，而他已是天下知名的詩人了。兩人偶然相識，他十分驚異於郭子儀的器宇不凡，因此另眼相看，折節相交。有一次，郭子儀犯罪當死，他覺得人才難得，就設法爲他講情，使郭子儀免於一死。

安祿山叛亂，唐玄宗蒙塵逃到四川，太子靈武即位登基。永王李璘徵召他爲幕僚，他因爲落魄無聊，也就投到永王幕中。後來，永王李璘造反，他一看情況不對，逃往彭澤。但在永王璘兵敗之後，他還是因爲名字列爲永王幕僚，而受到牽連，訂了死罪。

當時，郭子儀已非早先的「吳下阿蒙」；而成爲收復兩京，平定「安史之亂」的大功臣了！聽說李白訂了死罪，上書請求皇帝：以自己的官職和爵位爲李白贖罪。既然他替李白求情，皇帝也因而寬赦了李白的死罪。但「死罪可免，活罪難逃」，下詔：將李白流放「夜郎」。

夜郎在漢代屬「東南夷」，地理位置一直沒有定論；大約在湖南靠貴州的附近。對中原而言，是偏遠的蠻夷地區了。幸好，他在流放的半路上，遇到大赦。總算留下了性命。

在聽說他流放夜郎時，他的詩人朋友杜甫非常擔心，曾作了兩首〈夢李白〉，其中兩句「冠蓋滿京華，斯人獨憔悴」寫盡了對他這位老朋友的關懷與不平。

身後蕭條，子孫淪落

他在流放夜郎途中遇赦，回程路過潯陽，又被人牽累入獄。正好有位將軍宋若思，奉命帶領三千吳地士兵往前方支援。途經潯陽，將獄中囚犯釋放隨軍。他聽說了李白的大名，就請他當隨軍參謀。但沒多久，李白自覺沒有發展，就辭職離開了。

這時的他已年過六十，落魄江湖太久，早已失去了青壯年時的意氣風發。在走投無路之際，想起他有個族叔李陽冰爲當塗（今安徽當塗）令，就前去投靠；不久病死在李陽冰家。

他臨終時，把他的詩文交托給了這位族叔；李陽冰本身就是一位當代著名的文學家兼書法家，也十分喜愛並珍惜李白的詩作。爲他編了詩集，並爲李白的詩集《草堂集》寫序；李白的詩得以流傳，眞得感謝李陽冰。

唐肅宗駕崩，代宗繼位。想起當年曾「紅極一時」的詩人李白，以「左拾遺」召他爲官。但聖旨到達的時候，李白已經死了。

李白結過兩次婚，有二子一女。長子伯禽、次子頗黎，女兒平陽。但他自己雖然飽讀詩書，又以「詩」享天下重名。卻顯然並沒有好好的教育他的兒女們；這些孩子，沒有一個能繼承父志，出人頭地。或許也如中國傳統的說法：他把他們李家的「秀氣拔盡」了，兒女也沒有人能繼承他的天賦，所以也都平凡庸碌，默默無聞。

事實上，翻開《中國文學史》，歷代的詩豪、文豪而「後繼有人」的，實在也太少了！就記憶所及，好像也就只有蔡邕、蔡琰父女；曹操、曹丕、曹植父子；晏殊、晏幾道父子；蘇洵、蘇軾、蘇轍父子而已。

李白一生愛好黃、老，嚮往神仙。曾經過謝眺任宣城太守時，築室而居的青林山南麓（人稱「謝家青山」），表示謝眺是他最崇慕的詩人，而且「謝家青山」景色秀麗，希望能在此終老，並營葬於此。但他死後，並沒有如願；李陽冰把他葬於青林山東麓。

到了唐憲宗元和末年，宣歙觀察使范傳正到此間任職。他非常崇慕李白的詩文，特別到他的墓上祭奠；這時，李白已死去五十年了！他在祭奠李白墓之後，嚴令：李白的墳墓附近，禁止樵夫採樵砍樹。並設法訪求李白的子孫後代。

他找了三、四年，也只找到了李白的兩個孫女；當時，他的兩個兒子、一個女兒都死了。兩個孫女也已流落爲民間農婦，打扮得十分樸素鄉氣。雖然舉止還算大方，卻已找不到「書香門第」應有的閨秀氣質了。她們表示：雖然生活相當清苦，但她們也不想向別人求助，怕讓祖父的名聲受損。

范傳正接見了她們，問她們家裡還有些什麼人？她們說，她們還有一個哥哥，但十二年前出門遊歷，一直沒有聯絡，不知所終；是否這個孫子繼承了李白喜好遊山玩水的遺傳？但顯然也並沒有什麼成就。范傳正又問她們有沒有什麼願望？她們哭泣著說：「先祖本意是葬在『謝家青山』；應是在青林山的南麓。現在葬在東麓，並不是他的願望。」

范傳正立刻下令：爲李白遷葬於他生前所希望營葬的「謝家青山」南麓。他覺得李白的孫女，竟淪落爲村野農婦，十分不忍，想要讓她們改嫁名門士族。但這兩個孫女都拒絕了；也可以說：她們雖然淪落鄉野，卻仍有大家女子的志節，寧可繼續做貧賤的鄉農之妻，也不想改嫁。范傳正也尊重嘉許她們的選擇，只能以免除她們丈夫的公家勞役，讓她們的生活負擔減輕一點。

唐文宗也非常欣賞李白的詩，把李白的詩歌、張旭的草書、裴旻的劍舞，並列爲「唐代三絕」。但這一尊榮來得太遲，對李白已沒有意義了。

撐死的詩聖——杜甫——

名繁不及備載

杜甫，字子美，號少陵野老，又稱杜陵布衣，盛唐詩人。

杜甫家族，出自西晉軍事家杜預的後裔。杜預後代開枝散葉，家族龐大，主要的一支是「京兆杜氏」。杜甫這一支，早年移居襄陽，而稱「襄陽杜氏」。後來又徙居於河南鞏縣（今河南鞏義）。杜甫家族雖然出於「京兆杜氏」的分支，落籍於襄陽，但他還是以「京兆杜氏」自許。唐朝風氣，京兆杜氏都自稱為「杜陵人」，這一點，由杜甫自號「杜陵布衣」可窺端倪。他自稱是杜預的十三世孫，雖然傳到他這一代，家世已經沒落了。但對他顯赫的先世，是很引以為傲的；無論如何，也還是系出「名門」。

因他曾在旅居長安時，居住在杜陵附近的「少陵」，又自號「少陵野老」。後世因其曾任「左拾遺」、「檢校工部員外郎」之職，又冠以官名，稱「杜拾遺」或「杜工部」。古人有名、有字、有號（還可以隨時變更、增加）。還有稱「郡望」、稱「官職」的風氣，所以一個人可以有許多的稱謂，常讓後世人混淆不清。以杜甫為例：杜甫是他、杜子美是他、

「少陵野老」是他、「杜陵布衣」是他，「杜拾遺」是他，「杜工部」是他，「杜草堂」（他曾在四川成都築「浣花草堂」居住）還是他！

審言之孫，神童之譽

他的祖父杜審言，是武則天時代著名的詩人，《新唐書》有傳。他與當代的李嶠、崔融、蘇味道被稱爲「文章四友」。曾自負的說：「吾文章當得屈（屈原）宋（宋玉）作衙官，吾筆當得北面。」

這樣的話，由別人口中說出來，是讚譽、稱許。由自己口中說出來，只能說是「目無餘子」的「猖狂」了！傳世至今，屈、宋和王羲之，還是文學界和書法界最被尊崇的巨擘。有多少人知道他「杜審言」？又誰知道他有什麼偉大「傳世」的作品？自吹自擂的結果，只是讓自己成爲後世的笑話。這樣的行徑，也足爲少年得志，自鳴得意，目無餘子者戒！要知道：稱揚、讚美的話，還得從別的高手、行家口中說出來才「值錢」！自己往臉上「貼金」，卻不值一笑。

在他病危，當代名家宋之問去探望時，他說：「甚為造化小兒相苦，尚何言？然吾在，久壓公等。今且死，固大慰；但恨不見替人！」

他曾有個孝順的好兒子。有一次，他坐事被貶爲吉州司戶參軍。與他同事的周季重和郭若訥誣陷他，不但害他下獄，而且準備處死。有一次周季重與人喝酒，大醉。忽然竄出一個十三歲的小孩，拿著刀就向他猛刺，使他傷重垂危，這孩子也當場被他左右的人殺了。周季重在垂危之際，才聽人家告訴他：殺他的人，是杜審言的兒子杜并！周季重驚駭又悔恨的說：「審言有孝子！吾不知；若訥故誤我！」

他後悔誤聽了郭若訥的話陷害杜審言，沒想到杜審言年紀那麼小的兒子，卻不惜殺身的為父親報仇。但這時他再後悔，也來不及了。

後來杜審言的罪被赦免。武則天召見他，告訴他：將要重用他。他大喜蹈舞致謝，後來又奉武則天之命賦〈歡喜詩〉。

他較為人熟知的詩，並不是〈歡喜詩〉，而是〈和晉陵陸丞早春遊望〉：

> 獨有宦遊人，偏驚物候新。雲霞出海曙，梅柳渡江春。淑氣催黃鳥，晴光轉綠萍。忽聞歌古調，歸思欲沾巾。

他曾經遺憾：他死後無人能接替他時，大概沒有想到：後來他有了一個七歲就有「神童」之譽的孫子杜甫，且日後詩名直追屈、宋，把他都掩蓋了！

應考落第，流落長安

杜甫從小啓蒙讀書，七歲已能作詩，有「神童」之譽。中國讀書人，從小都受「儒家」的思想教育，所以他從小就以「經國濟世」爲人生抱負。唐朝時，以「科舉」取士，他也有心由此途入仕。二十三歲，在鞏縣參加「鄉貢」考試錄取。二十四歲，到洛陽參加「進士」考試，卻落第了。無聊之餘，到兗州去省親；當時他的父親杜閒正任「兗州司馬」的小官。年輕力壯的他，趁省親之便，到處旅遊，也自得其樂。

在他三十三歲的時候，在洛陽遇到了「自請歸山」離開京師，正當失意無聊四十四歲的李白。兩人一見如故，氣味相投，結爲好友，相約各處遊覽。他對李白非常崇拜敬慕，但正當意氣風發盛年的他，顯然並不能了解李白心中的失意落寞。

天寶六年，玄宗下詔訪求天下賢才：徵召有「一藝之長」的人到長安應試。杜甫也興沖沖的去長安參加了這一場考試，但他又落第了！事實上，這一次考試，所有的舉子全部落第！因爲這次考試本身就是一場「騙局」；權相李林甫奉皇帝之命主持考試，卻自編自導了一場「大唐天下，野無遺賢」的鬧劇；若是有人中舉，豈不表示當時「野有遺賢」嗎？

想來，杜甫當年也曾心高氣傲，一心想要靠自己的才華和學識，經由「科舉」這「正途」入仕的。直到這時，才知道：這世界並不公平，科舉考試更有許多的「黑幕」！事實上，唐代還沒有舉子姓名「彌封」的制度；科考舉子姓名彌封，不讓考官知道此卷是什麼人，直到確定錄取，才拆封，公布姓名，是到宋太宗時才試行，宋仁宗時才正式成爲制度。相較於唐朝舉子的姓名，赤裸裸的展現在試卷上，「彌封」的制度，當然公平得多。

唐代，若沒有王公宗室、達官貴人爲「靠山」，想靠眞本領考上進士並入仕，難如登天！甚至，還沒開始考試，名次都已經被擁有政治勢力的「靠山」安排好了！當時，卷試不但不「彌封」，還可以隨附達官貴人推薦他文章、詩賦的「行卷」；眞可以說是「公然作弊」！

他明白：想要實現自己的「致君堯舜上，再使風俗淳」的政治理想，必得先入仕才能達成。靠自己的學識才華入仕，是行不通的，在現實考量之下，他也只能把自尊放在一邊，奔走於權貴之門。也照當時的風氣，向權貴們投「溫卷」的詩文，或登門干謁求見。而這些投出的詩文，都如石沉大海；登門求見，也都被摒拒於門外。

他客居長安十年，雖然這樣卑微，汲汲營營的奔走，以求達官貴人的賞識，還是鬱鬱不得志，過著失意而貧困的生活。這其間，他也曾直接獻賦給唐玄宗。唐玄宗倒是賞識了，給了他入仕的「門票」：「待制集賢院」。所謂的「待制」是什麼意思？有點像現在公司求才，去考試或面試之後，主考說：「請等通知」！但派官的大權還是把握在權相李林甫的手裡，而且有很多「待制」的人，也都在「排隊」。他既沒有門路，又沒有錢財。因此一

「侍」就是四年，才給了他派了一個「河西尉」的小官。他不願到河西上任，拒絕了，繼續等。終於改派他爲「右衛率府兵曹參軍」：看守兵甲，掌管鑰匙；等於是兵甲庫「門房」的卑微職位。

這一年，他已經四十四歲了，也已流落長安近十年了！爲了活命，已到了飢不擇食的地步，那還能談什麼自尊、傲骨？不得已卑屈的接受了。

有了職位，他終於能見「江東父老」，回到奉先探望家人。等著他的是哭聲；他年幼的兒子已經活活餓死了！

國家不幸何人幸

而更大的不幸正等著他！〈新唐書〉記載：「祿山反，以誅國忠為名，且指言妃及諸姨罪。」也可以說，安祿山是以「清君側」爲理由而興兵叛亂的。他由范陽（今北京一帶）起兵，直指京師長安（今西安）。奉命守護潼關的哥舒翰兵敗，潼關失守，叛軍逼近長安！唐玄宗倉皇逃往成都；在離京百餘里的馬嵬驛，面對了他「六軍不發無奈何，宛轉蛾眉馬前死」的人生悲劇。可是，這場悲劇，他是難辭其咎，罪有應得的！而更可憐的，卻是哀哀無告的天下蒼生！

杜甫爲了避難，把家由奉先搬到了鄜州。聽說皇帝蒙塵西狩，因「國不可一日無君」，太子李亨已於靈武（今寧夏靈武）即位的消息。以忠愛自許的他，立刻趕往靈武投效。半路被俘，押到長安；就在這一段日子裡，杜甫作了〈哀江頭〉、〈哀王孫〉，和〈春望〉：

國破山河在，城春草木深。感時花濺淚，恨別鳥驚心。烽火連三月，家書抵萬金。白頭搔更短，渾欲不勝簪。

還有一首〈月夜〉：

今夜鄜州月，閨中只獨看。遙憐小兒女，未解憶長安。香霧雲鬟濕，清輝玉臂寒。何時倚虛幌，雙照淚痕乾。

與他同時被監管的官員很多；王維，也是其中之一。但王維的官職比較高，也比他知名，因此看管得比他嚴。也幸好他「官卑職小」，看管不嚴，在郭子儀反攻時，他趁機冒險逃出，趕到了當時唐肅宗朝廷所在的鳳翔（今陝西寶雞）投效。

他到達鳳翔，拜見天子時是「麻鞋見天子，衣袖露兩肘」。可以想像皇帝見到這個一身破爛，幾乎衣不蔽體，卻不辭千辛萬苦前來投效的小臣，會是多麼感動！因此，授他「左拾遺」的官位。但這官位，他也當沒多久；因為兩度營救他的老朋友房琯，受到株連。皇帝也因此疏遠了他，貶他為「華州（今陝西渭南）參軍」；從此遠離了朝廷的「政治中心」。

他在往華州的一路上，見到戰亂中百姓悲慘的現狀，寫下了最著名的亂世史詩〈三吏〉、〈三別〉，也具體寫下了許多他耳聞目睹，當時的動亂與百姓的悲慘生活。他描寫得非常生動；事實上，他並不是在作「客觀」或「想當然耳」的描寫敘述；他自己就是這些悲劇的「劇中人」。

中國人有句話說：「人生亂世，不如雞犬」，杜甫由自身的經歷，為這句話做了血淚的見證！

恃寵驕慢，幾致殺身

他在幾乎無以維生的艱困流離生活中，想到了一個老朋友嚴武！當時嚴武正在四川為成都尹。成都，是沒有被戰火波及的地方，而且四川本來就是「天府之國」。於是他攜家帶眷的入蜀，到成都投奔嚴武。

嚴武眞算是「夠朋友」的人，接納了他，並協助他安家；杜甫一家在嚴武的協助下，於成都西郊的浣花溪畔築茅屋而居；這就是後來成為成都著名「景點」的「杜甫浣花草堂」。至此，他總算有了個安居之所。

其間，因爲嚴武離職，他又被迫流徙。當嚴武重新回到成都，擔任劍南節度使，立刻寫信請他回成都。而且向朝廷表薦他爲節度參謀、檢校工部員外郎；因此，他才有世稱的「杜工部」之名。

嚴武其實性格是相當蠻横暴烈的，但他對杜甫，卻相對的寬容禮遇。他自己也承認：曾生氣的想殺了杜甫！而究其原因，卻不能不說是杜甫的言行太過份了！試想，他是在走投無路之際，投靠嚴武的。嚴武對他相當禮遇，使他的生活改善，得以在嚴武的幕府中安居樂業。

而且，在「相對」的關係上來說，他和嚴武可說是「主從」的關係，嚴武對他禮遇，他也應該對嚴武有相對的尊重才是。可是人性常是「近之則不遜，遠之則怨」的，他的不遜，竟使嚴武對他動了殺機！

有一次，他喝醉了酒，跑到嚴武的房間，坐在嚴武的床上，大聲說：「嚴挺之乃有此兒！」

嚴挺之何許人？嚴武的父親！

古代對自己或別人的尊長，是絕不可以稱名道姓的！嚴挺之是玄宗朝的名臣，名浚，「挺之」是他的字，而他「以字行」；也就是說，在當代，他是以字爲名的。杜甫做爲他兒子嚴武的朋友，甚至嚴武還可以說是對他有恩的上司，竟不但對嚴武的父親不禮貌的直呼爲

「嚴挺之」，還用輕薄褻慢的語氣，表示：「他竟然會生出嚴武這樣的兒子！」聽在嚴武耳中做何感想？因此，嚴武氣得想要殺了他。這殺機，可說是出於杜甫的任性、傲慢！

也算是他的命大！嚴武拿著劍準備去殺他的時候，三次出門，帽子都被門簾勾住了。使嚴武左右的人，得以有時間趕到後堂，把這件事稟告他的母親。而他的母親是個明理而仁慈的老人家，不願意看著杜甫被殺，趕出來阻止，才救了杜甫一命。

過了不久，嚴武病死。恐怕這時，杜甫才知道嚴武對他多麼重要！因為嚴武一死，他沒了倚仗，又面臨流離失所，居無定所的際遇，甚至以船為家了！他非常有名的〈旅夜書懷〉也是這一時期寫的。

細草微風岸，危檣獨夜舟。星垂平野闊，月湧大江流。名豈文章著，官應老病休。飄飄何所似，天地一沙鷗。

杜甫晚年，可以說一直過著飄泊流徙，甚至貧病交迫的日子。他的死也有很多說法。有一說，他死於糖尿病或中風。最戲劇性的說法是：杜甫人在耒陽，為洪水所困，十餘日未能進食。後來耒陽的聶縣令知道了，僱了艘小船來接他。救他出險後，又送了許多烤牛肉、白酒給他「壓驚」。杜甫餓得太久了，一旦看到食物，就狼吞虎嚥的暴飲暴食，竟然撐死了！

人若餓得太久，就是進食，也必須慢慢來；先少少的喝點米湯或吃點稀粥、麵線等容易消化的食物，讓空得太久的腸胃慢慢適應、滋潤，絕不能暴飲暴食；一旦暴飲暴食，反而會有致命的傷害。更何況他又喝刺激的酒，又吃極不好消化的烤牛肉呢？這一說，在醫學上是有根據的：就姑存於此了。

李白與杜甫的交誼

我們都知道：詩仙李白、詩聖杜甫，是唐代最知名且偉大的詩人。而兩人之間也曾有過交往，也有相當深厚的交情。

他們認識的時候，李白剛因楊貴妃作梗，只被視爲一個「御用詩人」，而不得一展抱負。深覺無趣，因此自請歸山，而皇帝也沒挽留，給了一筆錢就讓他走了。而杜甫，則因科考落第，四處遊歷，才在洛陽與李白相遇。論年齡，李白比杜甫大十一歲。論聲望，杜甫那時才剛剛出道，尙未爲人所知；他眞正「成名」也不在生前，而在死後。而李白當時已經「詩名滿天下」。對杜甫來說，可以說是見到心中的「神」級「偶像」了。對李白來說，卻只是遇到個讓他覺得具有「潛力」的「後起之秀」，給幾句嘉勉的話，正是當「長輩」的風範器度！

詩人之間彼此酬贈是尋常的事。但兩相比較，李白對杜甫是相當疏淡平泛的；所以寫給

「喜好文藝的小朋友」杜甫的詩，就那麼幾首：

〈沙丘城下寄杜甫〉

我來竟何事？高臥沙丘城。城邊有古樹，日夕連秋聲。魯酒不可醉，齊歌空復情。思君若汶水，浩蕩寄南征。

〈魯郡東石門送杜二甫〉

醉別復幾日，登臨遍池台。何時石門路，重有金樽開？秋波落泗水，海色明徂徠。飛蓬各自遠，且盡手中杯。

〈秋日魯郡堯祠亭上宴別杜補闕、范侍御〉

我覺秋興逸，誰雲秋興悲。山將落日去，水與晴空宜。魯酒白玉壺，送行駐金羈。歇鞍憩古木，解帶掛橫枝。歌鼓川上亭，曲度神飆吹。雲歸碧海夕，雁沒青天時。相失各萬里，茫然空爾思。

加上那一首還被質疑爲後人僞作的〈戲贈杜甫〉：

飯顆山前逢杜甫，頂戴笠子日卓午。借問別來太瘦生，總為從前作詩苦。

而杜甫，見到了仰慕已久的「偶像」；雖然只是三度共遊，卻留下了永難磨滅的印象，若照今日的話來說：這一番相逢、相識，使他就此成爲李白永遠的「鐵粉」。他爲李白寫的詩不但多，還可謂「情眞意切」！

杜甫爲李白寫的詩，在詩題上「提名道姓」的就有：〈贈李白〉、〈與李十二白同尋范十隱居〉、〈冬日有懷李白〉、〈春日憶李白〉、〈送孔巢父謝病歸遊江東兼呈李白〉、〈夢李白〉、〈天末懷李白〉、〈寄李十二白二十韻〉……

朋友之間論交，在他青雲得意的時候，不能作準。平時也還一般。難能可貴的是在他失意，甚至窮途末路時的關懷。杜甫的兩首〈夢李白〉和〈天末懷李白〉，都寫於聽說他因罪而流放夜郎的時候；那時的李白，已完全不是他初見時，雖然失意離京，但還是挾著「御手調羹、貴妃捧硯、力士脫靴」的光環，處處「高人一等」，意氣風發。而是已成了罪犯逐臣；鬧不好，就可能被牽累的情況下。那就眞的要說是「路遙知馬力，日久見人心」了。

〈夢李白．其一〉

死別已吞聲，生別常惻惻。江南瘴癘地，逐客無消息。故人入我夢，明我長相憶。恐非平生魂，路遠不可測。魂來楓葉青，魂返關塞黑。君今在羅網，何以有羽翼。落月滿屋樑，猶疑照顏色。水深波浪闊，無使蛟龍得。

〈夢李白．其二〉

浮雲終日行，遊子久不至。三夜頻夢君，情親見君意。告歸常侷促，苦道來不易。江湖多風波，舟楫恐失墜。出門搔白首，若負平生志。冠蓋滿京華，斯人獨憔悴。孰云網恢恢，將老身反累。千秋萬歲名，寂寞身後事。

〈天末懷李白〉

涼風起天末，君子意如何？鴻雁幾時到，江湖秋水多。文章憎命達，魑魅喜人過。應共冤魂語，投詩贈汨羅。

不知道李白是否讀到過杜甫的這幾首詩。如果讀到，他大概會感激涕零了；在他跌落人生低谷時，還有這樣一位真心關懷他的朋友！

實際上，杜甫到死都還沒有享有盛名；直到他死後幾十年，才遇到「知音」元稹；就是與白居易共創「元和體」的那位詩人。元稹的年齡，比杜甫足足小了六十幾歲。偶然的機緣，元稹翻開了杜甫的詩集，一讀之下，為之驚豔；感覺他一直崇慕的前代詩人「唐初四傑」、「王（王維）、孟（孟浩然）」或「高（高適）、岑（岑參）」等，相對於杜甫，一下都顯得渺小了！不論寫詩的數量、或是質量，有唐一代幾乎沒有人能與杜甫比肩的！自此為杜甫大力宣傳。

很重要的一個基礎：元稹不僅是當代公認的大詩人，還曾當過宰相！由他出面「背書」，杜甫終於「鹹魚翻身」，由沒沒無聞，而如「鯉躍龍門」一般，拿到唐代最尊榮的詩人「桂冠」！

李白幾乎可以說是個因早年「得天獨厚」，而「不食人間煙火」的「理想主義者」。杜甫卻是「植根民間土壤」，又經歷戰亂流離的「社會關懷者」。性格、經歷，乃至為人處世的態度，都有非常明顯的差異。後世以李白為「詩仙」，杜甫為「詩聖」，也的確給了各自應得的「定位」！

以船爲家的煙波釣徒
——張志和——

過目成誦，優養翰林

張志和，字子同，祖籍浙江金華，落籍祁門（今安徽黃山），出生於長安。

他的家世頗爲顯赫；父親張朝遊，官至東宮侍講。母親姓李，舅舅李泌，也是一代名臣，當過唐德宗朝的宰相。可說是出身於「仕宦名門」。

傳說：他母親懷著他的時候，夢見有神仙給她一隻靈龜，要她吞下。因此，生下他之後，父親給他取名爲「龜齡」。他生來天資聰穎，三歲讀書，六歲能文，父親非常鍾愛。父親在長安中央政府做官時，常帶著他入朝辦公。

在他七歲時，有一次他父親帶他到翰林院去遊玩。遇到一位翰林學士，聽說他天賦異稟，三歲就能讀書，遞給他一卷書考他。結果他因著「過目不忘」的天賦，贏得大家的驚嘆。唐玄宗聽說有這麼個「神童」，也很好奇，親自出題考他。結果他對答如流。唐玄宗大喜，下令「優養於翰林院」。雖沒有正式官職，可也算是個「小翰林」了。

太子賞識，賜名志和

他的父親本身就是一個喜好修道，並著有《南華像說》的道教名家。他從小也耳濡目染，十六歲時，以「道術」爲太子李亨賞識。爲了栽培他，賜給他「京兆」（京師）的戶籍，讓他進入「太學」讀書；在太學讀書，是可以不經科舉而直接入仕的。

他弱冠之年，以優異的成績，自太學結業。太子非常高興，賜名「志和」，字「子同」；所以後世都稱他爲「張志和」，原名「龜齡」反而不爲人知了。因他又參加了「明經」考試登第，以「翰林待詔」供奉東宮；享八品的待遇。並允許他回家省親。

追隨太子，即位靈武

安祿山叛變，長安淪陷，玄宗逃到了成都。他原本就是「供奉東宮」太子的屬官，也就一直追隨著太子。同時也追隨太子的人，還有他的舅舅李泌。舅甥二人都忠心耿耿，不時的獻計平亂。在他們的建議之下，太子徵調回紇兵馬，對抗安祿山大軍，並取得了勝利，使一直低迷的士氣爲之大振，也奠定了後來反敗爲勝，平定「安史之亂」的基礎。已登基的肅宗皇帝，因此拔擢他爲「金吾衛大將軍」享三品俸。

長安收復，他奉命侍奉「太上皇」返京，受封爲金紫光祿大夫。肅宗皇帝爲了急於求功，借重回紇兵馬，不惜答應回紇苛刻的條件。張志和力諫不可。君臣發生爭執，皇帝加罪，將他貶爲南浦尉。正當此際，他的父親去世；古代制度：官員的父母去世（丁憂），兒子必須回鄉守制三年。他就以此爲由，擺脫官職，脫離官場。

絕念仕途，「漁隱」江湖

不久，他的母親也去世了。肅宗皇帝爲了籠絡他，「赦」了他的「罪」，又敕封他的母親爲「秦國賢德夫人」，賜白絹四匹、白銀二千四百兩助他治喪。還賜給他一奴、一婢。希望他等守喪期滿，回朝廷爲皇室效力。但他對政治已心灰意冷。

回到家鄉祁門，他親自負土築墓葬母，在墓前栽植翠柏成林，並廬墓守喪，早晚哭祭盡禮。三年守喪期滿，他的妻子程氏又亡故了，這些接連而來的打擊，使他完全無意於仕途了。

他爲皇帝所賜的兩個奴婢命名爲「漁童」、「樵青」，讓他們結爲夫婦。他知道：他雖然無意重返仕途，但皇帝不會「放過」他的。爲了讓皇帝找不到他，他帶著漁童、樵青向親友告別。以船爲家，在吳楚一帶四處漫遊的「漁隱」。並寫下了他對道家的見解的巨著：《玄眞子》；因此，他也自號「玄眞子」。

也在這一段時間，他寫下了流傳於「中國文學史」上最有名的〈漁歌子〉五首：

西塞山前白鷺飛。桃花流水鱖魚肥。青箬笠，綠蓑衣。斜風細雨不須歸。

釣台漁父褐為裘。兩兩三三舴艋舟。能縱棹，慣乘流。長江白浪不曾憂。

霅溪灣里釣魚翁。舴艋為家西復東。江上雪，浦邊風。笑著荷衣不嘆窮。

松江蟹舍主人歡。菰飯蓴羹亦共餐。楓葉落，荻花乾。醉宿漁舟不覺寒。

青草湖中月正圓。巴陵漁父棹歌連。釣車子，橛頭船。樂在風波不用仙。

因爲他「浮家泛宅」居無定所的「漁隱」，他又自稱「煙波釣徒」。而他這一「漁隱」不要緊，皇帝固然找不到他，連他家裡人也找不到他了。倒是他寫的〈漁歌子〉流傳很廣，到處傳唱；當時的讀書人，都對他這樣悠遊於五湖煙水，淡泊無爲的生活非常羨慕，認爲他眞是一位當代的隱逸高士！

他家裡原有兄弟三人，大哥張松齡，二哥張鶴齡，他是老三，原名龜齡。三兄弟的感情非常好，也都能詩。大哥爲了想念他，希望他回家，也作了一闋〈漁歌子·漁父〉：

樂是風波釣是閒，草堂松桂已勝攀。太湖水，洞庭山，狂風浪起且須還！

這一首他大哥的〈漁歌子〉與他的原詞，也同時流傳後世。

文起八代之衰
——韓愈——

父母雙亡，兄嫂撫孤

韓愈，字退之，河南河陽（今河南孟縣）人。因韓氏的「郡望」為「昌黎」（今河北秦皇島），也稱「韓昌黎」。他死後諡「文」；這是文官最尊榮的諡號了（傳統上，官員的諡號，一個字比兩個字尊貴。也就是說，諡號「文」，勝於「文忠」、「文定」、「文正」等），因此又被尊稱為「韓文公」。

他自認為是「漢初三傑」韓信的後人。三歲喪父，不久母親也去世了。父母雙亡之後，從小由他的大哥韓會和嫂嫂鄭氏撫養成人。

韓會有個兒子與他一起長大；就是他寫〈祭十二郎文〉中的「十二郎」韓老成。古代以「家族同輩」的堂房兄弟，照著年齡順序排行，稱「大排行」。「十二郎」應屬「大排行」。但「十二郎」並不是他大哥韓會親生的兒子，而是他的二哥韓介之子。因為韓會無子，所以韓介把「十二郎」過繼給了韓會。

他從小由兄嫂撫養成人；也隨著哥哥的官職而轉徙各地。當大哥被朝廷貶謫到韶州（今廣東韶關），他也跟著兄嫂在那兒生活。不幸，他十二歲時，大哥於韶州任上病逝。嫂嫂鄭氏，爲了守節撫孤，就帶著他和十二郎護喪返回河陽。他與嫂嫂鄭氏，和十二郎關係可以說是「相依爲命」。在他的心目中，嫂嫂鄭氏就是親娘，侄子十二郎就是親兄弟了。

考試考試考試，落第落第落第

比起許多「神童」，他啓蒙很晚；七歲才開始讀書（許多「神童」，七歲已經會作詩、寫文章了），十三歲學會了寫文章。他知道自己是個孤兒，一定得靠自己上進，求取功名。否則一門寡婦孤兒，日後何以爲生？所以非常努力用功。

唐德宗貞元二年，十八歲的韓愈到長安赴試。因爲沒有背景，又沒有靠山，經過三次落第，到貞元八年，他二十五歲時，第四次參加進士會試，終於考上了進士。

唐代當時的科考有「明經」、「進士」之分，但朝野最重視的，是「進士」功名。因爲考「明經」相對的容易，「進士」則非常難。所以，當代民間流傳的說法是：「四十少進士，三十老明經。」意思是：四十歲考上進士，還算是年輕的「進士」，而三十歲考上「明經」，已要算是年老的「明經」了。所以他二十五歲考上進士，眞算是十分難得的。而讓他難過的是，在他考上進士之後，還沒有派任官職，他的嫂嫂鄭氏就去世了！沒能等到他反哺回報。

考上進士，還得經過吏部「博學宏辭科」考試的「銓選」才能派官。他參加了由「吏部」主持的考試，又是三次都沒考上，也無法派放官職。幸好，此時得到宣武節度使董晉的賞識和推薦，得以試任秘書省校書郎，並出任宣武節度使屬下的觀察推官。三年後，董晉去世。他因感念董晉拔薦之恩，護喪離境。在他離境四天後，當地發生兵變，留任的官員被殺，他因離境而得倖免。

隨後，他追隨了駐節徐州的節度使張建封任「節度推官」。一年之後，又到長安參加吏部的考試，終於通過銓選，正式進入仕途。

忠言直諫，一再貶謫

他的仕途並不平順；因爲他看到了太多政治的黑暗，也對許多幾乎是由皇帝倡導的「時尚」看不過去！

貞元十九年，他當了「監察御史」。關中大旱，災民流離失所，餓殍遍野。他耳聞目睹嚴重的災情，而當時負責京城行政的京兆尹李實，卻一手遮天，謊稱關中糧食豐收，百姓安居樂業。韓愈在憤怒之下，上《論天旱人饑狀》，反遭李實集團反撲讒害，於同年十二月被貶爲連州陽山（今廣東陽山）縣令。

幾經轉折，他以追隨裴度征淮西有功，回到京師，拜刑部侍郎，這是他人生中相當「風光」的日子。

他最著名的一次貶謫，是爲了諫唐憲宗「迎佛骨」一事；若不是宰相裴度和一些忠直大臣爲他講情，大概就「推到法場」殺頭了。

唐憲宗佞佛。所謂「上有所好，下必甚焉」，由皇帝帶頭崇拜佛教，一時朝野風起雲湧，蔚成時尚風氣。當時伽藍（廟宇）有四萬所，僧尼二十六萬五千餘人，王公與士民，都認爲在「佛」身上花的錢越多，越能得到佛、菩薩的保佑。形成了盲目迷信「供養」佛教僧尼的風氣。

既然皇帝喜歡這一套，當然自有下面的人迎合，建議皇帝：迎「釋迦牟尼佛」的佛骨到長安來！

唐憲宗將「釋迦牟尼佛」佛骨迎入了宮中供養三日，史書上以「舉國若狂」來形容當時的「盛況」。甚有百姓爲了表示虔誠，有燒指灼背而供養的。

其實韓愈並不是反對佛教的「佛理」，而是對世俗瘋狂的「佞佛」之舉看不下去！照這麼看，佛、菩薩也未免太「勢利眼」了；有權、有錢、有勢的人，沒有善心，不做好事，甚至魚肉弱勢鄉民，只要肯「花錢」供養佛寺、僧尼，就能「買」下西方極樂？那對絕大多數心地慈悲，盡力行善，卻沒錢「供養」的平民老百姓公平嗎？而且，他認爲那麼多年輕力壯的男女都去當了和尚、尼姑，會影響生育的人口；人口減少，生產力必然低落。若要打仗，兵力也會大受影響。因此，他上表諫阻天子「迎佛骨」；反對在國家財政已然困窘之際，還浪費「民脂民膏」去「燒錢」供佛！他在〈諫迎佛骨表〉說：「唯梁武帝在位四十八年，前後三度捨身施佛，宗廟之祭，不牲宰，晝日一食，止於菜果。其後竟為侯景所兵逼，餓死台城，國亦尋滅。事佛求福，乃更得禍。由此觀之，佛不足信，亦可知矣。」

他所提出「梁武帝」的「事蹟」，其實都「於史有據」；這個皇帝「佞佛」到什麼地步？除了五里一廟、十里一庵，度僧、尼出家之外，甚至號稱他不要當皇帝了，三度跑到廟裡，削髮當和尚！嚇壞了文武百官。「國不可一日無君」呀，怎麼才能把他請回來呢？結果是政府湊錢，給廟方「贖」他！這種把戲，還一玩再玩！

他自認積了無數「功德」，卻被當時從印度來中國的高僧「達摩」一口否決；說他做的這些事，一點「功德」都沒有！因爲佛教的「精神」是唯心的，不在這些外表看得到的事上！

因爲話不投機，達摩認爲他「不可教也」，就離開了。後來他聽說達摩的確是一代高僧，想追他回來，還上演了一齣「達摩一葦渡江」的好戲。

但韓愈這樣「直白」的話，唐憲宗怎麼聽得入耳？爲之大怒！要將他處以極刑。裴度、崔群力救，上疏：「愈言訐牾，罪之誠宜。然非內懷至忠，安能及此。願少寬假，以求諫爭。」

憲宗皇帝怒氣沖沖：「愈言我奉佛太過，猶可容；至謂東漢奉佛以後，天子咸夭促，言何乖剌邪？愈，人臣，狂妄敢爾，固不可赦。」

但因許多重臣聯名爲他求情，不得不網開一面，改貶爲潮州刺史（今廣東潮州）。

百姓感恩，生子命名「韓」

他被貶爲地方官，倒是在各地都留下了非常好的政聲。

貞元十九年，他三十六歲，被「下放」爲連州陽山縣令。那個地方非常偏遠，甚至可說是「蠻荒地帶」。但韓愈到任之後，致力於縣政，與百姓一起耕作，又建立制度、宣揚禮教，移風易俗，努力的教化百姓。他在陽山縣令任上僅一年半，卻讓百姓非常「有感」。他調任時，老百姓都依依不捨；但他們也知道，在這偏遠的地方，他只能是過客，也都希望韓愈在仕途有更好的發展。《新唐書．韓愈傳》中說他：「有愛于民，民生子以其姓字之」。也就是當地質樸的百姓們，爲了感念他的惠政，許多人家，在家裡生了孩子的時候，都給孩子取名爲「韓」；也就是用他的「姓」爲孩子命「名」，以表達了他們對韓愈的愛戴與敬慕；中國和西方的「禮俗」不一樣。西方人往往用自己尊敬或親近的人的名字，來爲孩子命名。但中國對自己所尊敬的人的名字，是特會別要「避諱」，對父祖、親長絕不能直呼其名；對這位他們敬愛的「父母官」也一樣。所以用他的「姓」來爲子孫命名，表示感念。

其實他在這一年多的時間，自己是很悲傷的；因爲與他從小「相依爲命」長大的「十二郎」，這一年去世了！〈祭十二郎文〉就是在陽山寫的。

也在這個地方，他開始了他的「文章事業」，寫下了他《五原》：〈原道〉、〈原毀〉、〈原性〉、〈原人〉、〈原鬼〉。以闡述他的文學理論。

他因「諫迎佛骨」一事被下放「潮州」，流傳的故事就更多了。

潮州，比連州還要偏遠。他從長安出發，大風雪中，意外在藍關（今陝西藍田）遇到了十二郎的兒子韓湘（相傳就是「八仙」中的「韓湘子」）。他在〈祭十二郎文〉中寫過：當時十二郎的兒子十歲，他自己的兒子五歲。如今，十六年過去了，他已是五十二歲的老人，韓湘也成長爲二十六歲的青年了！他們之間的關係，一直非常親近。所以韓湘聽說他遠謫潮州，特地趕到藍關來送他。有一說，韓湘是想來「渡化」他這位叔祖；不要留連在功利的官場裡打滾了，還是跟他一起修道吧！但顯然韓愈沒有韓湘的「慧根」，也「志不在此」。韓湘也只能送叔祖一程，以表親情。

韓愈見了韓湘，既歡喜又感傷，寫了一首在他詩集中非常有名的詩〈左遷至藍關示姪孫湘〉：

一封朝奏九重天，夕貶潮陽路八千；願為聖明除弊事，肯將衰朽惜殘年！雲橫秦嶺家何在？雪擁藍關馬不前；知汝此來應有意，好收吾骨瘴江邊。

從他在建州所行的善政來看，他在潮州一定也都會做。但他在潮州做的最有名的事，無疑是爲潮州百姓驅鱷魚而作了〈祭鱷魚文〉。傳說中，他寫了文章，又投了祭品驅鱷，從此潮州的鱷魚就搬了家，潮州再也沒有鱷魚了。但這顯然只是傳說；潮州一直都有鱷魚！這話，是曾當過唐朝宰相，後來貶謫到潮州的李德裕說的。而且還不是「孤證」；宋朝的陳堯佐也做了同樣的證明：潮州一直有鱷魚。

陳堯佐何許人？來頭可大了！他是宋朝進士科考的狀元，又當過宋仁宗朝的宰相！而且，他非常崇拜韓愈，讚美說：「專以孔子之道教民。民悅其教，誦公之言，箴公之文，綿綿焉迨今知學者也。」還在當地孔廟的東廂，爲韓愈立祠祭祀！

韓愈在潮州只待了八個月。他給皇帝上了〈潮州刺史謝上表〉；其實也可以說，這是他給皇帝寫的「悔過書」：「臣以狂妄戇愚，不識禮度，陳佛骨事，言涉不恭，正名定罪，萬死莫塞。陛下哀臣愚忠，恕臣狂直，謂言雖可罪，心亦無它，特屈刑章，以臣為潮州刺史。既免刑誅，又獲祿食，聖恩寬大，天地莫量，破腦刳心，豈足為謝！……臣所領州，在廣府極東，過海口，下惡水，濤瀧壯猛，難計期程，颶風鱷魚，患禍不測。州南近界，漲海連天，毒霧瘴氛，日夕發作。臣少多病，年才五十，　白齒落，理不久長。加以罪犯至重，所處遠惡，憂惶慚悸，死亡無日。單立一身，朝無親黨，居蠻夷之地，與魑魅同群，苟非陛下哀而念之，誰肯為臣言者……」

他哀訴：這個地方的瘴癘之氣，恐怕將使他這個多病的老人就死在這裡了！憲宗還眞是不錯的皇帝，也覺得他說的話雖不中聽，還是基於「愛君」之心。也心生哀憐，就讓他改任袁州（今江西宜春）刺史，而且不久就調他回京了。

憲宗駕崩，下一任的穆宗，起用他爲兵部侍郎。後來又轉任吏部侍郎。長慶三年，韓愈晉升爲京兆尹兼御史大夫。京師在他治理之下，治安改善，社會安樂，米價穩定，可以說眞是「政績斐然」。只是後人往往只知道他的文學成就，不知道他的政績，眞可說是：「政績爲文名所掩」。

因爲他最後的一任官，是吏部侍郎，所以又稱「韓吏部」。

文起八代之衰

我們都知道，文學史上有「唐宋八大家」（韓愈、柳宗元、歐陽修、蘇洵、蘇軾、蘇轍、曾鞏、王安石），而其中領導並開創「古文運動」的人，就是韓愈！蘇軾對他也推崇得五體投地，曾在〈潮州韓文公廟碑〉上寫著：「……文起八代（東漢、魏、晉、宋、齊、梁、陳、隋）之衰，道濟天下之溺，忠犯人主之怒，勇奪三軍之帥！」

東漢以來，文章就以「駢體文」爲主流；所謂「四、六對仗」，文字精雕細琢，非常華美。但往往沒有什麼「內容」，流於空洞。

韓愈對這樣的文風，非常不以爲然。覺得寫文章，重要的是內涵，而不是華美的辭藻；想寫「美文」，寫「詩辭歌賦」就可以了。爲什麼明明是寫抒情或論述的文章，還要咬文嚼字，不能把心裡所想的，用「散文」清清楚楚的寫出來？他主張「文道合一，明道爲主」。他所說的「散文」，並是不「創新」，而是「復古」；要恢復三代、兩漢時代自然質樸的文體。他認爲寫文章，就要寫得「文從字順」，清清楚楚的。但他的「古文運動」，復古的不是「文字」，而是要復興「儒道」。寫文章不僅「繼承」古人，也須要創造和革新。所以，他主張學古文是「師其意不師其辭」，且要「唯陳言之務去」。

他不僅倡導，也講出了他的一番理論。而且，在自己的「理論基礎」上，拿出了扎扎實實、擲地有聲的作品來接受檢視考驗！一開始，當然挫折也很多。但他很快的號召了一些志同道合的「革命夥伴」，像當代的文學家李翺、皇甫湜、張籍、孟郊等。而他最重要的支持者，則是也列入「唐宋八大家」的柳宗元。風潮形成後，也有不少年輕文人認同、加入，自願追隨他，當他的學生。於是「古文運動」風起雲湧，扭轉了整個時代文風。

蘇軾在〈潮州韓文公廟碑〉爲韓愈寫了一首詩：

公昔騎龍白雲鄉，手抉雲漢分天章；天孫為織雲錦裳，飄然乘風來帝旁。下與濁世掃秕糠，西遊咸池略扶桑。草木衣被昭回光，追逐李、杜參翱翔；汗流籍、湜走且僵，滅沒倒影不能望。作書詆佛譏君王，要觀南海窺衡、湘，歷舜九嶷弔英皇，祝融先驅海若藏，約束蛟鱷如驅羊。鈞天無人帝悲傷，謳吟下招遣巫陽。犦牲雞卜羞我觴，於餐荔丹與蕉黃。公不少留我涕滂，翩然被髮下大荒。

蘇洵也讚美韓愈的文章：「如長江大河，渾浩流轉。」

他們父子顯然一定都熟讀「韓文」，而且後來也都成爲「古文運動」的健將；「唐宋八大家」蘇氏父子就佔了三個名額，也不是偶然的！

做「半官」的進士

——孟郊——

一生潦倒，未曾低眉

孟郊，字東野，唐代湖州（今浙江湖州）人。他才華出眾，卻天性淡泊，既不懂生產，也不想升官發財；在個性上，是個落落寡合的人。所以他年輕時，一般讀書人都忙著參加科舉，進入仕途，他卻跑到嵩山去當隱士。

他的個性狷介耿直，一般人看來，是不好相處的。但，眞正了解他的人，看法又不一樣了。他生平最知己的朋友，是當代的「文宗」韓愈。他與韓愈一見如故，那時，韓愈的地位已很高了。而他不但沒有功名，還可說是窮愁潦倒。兩人身分地位懸殊，所以當時人稱之爲「忘形交」。別人都說他個性嚴肅，不易親近，只有韓愈說他爲人親切開朗；也許因爲世人都不了解他，只有遇到了「知己」，他才格外親和吧？

他可以說窮了一輩子，卻很有骨氣，衣服雖破破舊舊，可是從沒有對人露出過低聲下氣卑屈可憐的樣子，這種風骨，令人可敬。

春風得意馬蹄疾

他的學問很好，卻沒有功名，直到五十歲才被母親逼迫，進京應考，考中了唐代最受尊重的進士。

他考上進士後，作了一首〈初登第吟〉：

昔日齷齪不足嗟，今朝曠蕩恩無涯。春風得意馬蹄疾，一日看盡長安花。

當時就有人批評：「這個人的格局、氣度太小，恐怕沒大出息。」

後來他果然是宦海漂泊，一輩子也只做過不入品的小官。到六十四歲死時，還是窮愁潦倒，也沒有得到朝廷的謚號，只有朋友們私謚他爲「貞曜先生」。說起來也是「詩讖」了！

五十進士做「半官」

別人考上了進士，就守在京師，鑽營門路，等待授官。他卻好像前來應考，只爲證明自己的才學似的；考上了，就回家去了。

過了四年，才授了個溧陽尉。他把母親迎到任上養老，對本職瑣碎的工作，極不感興趣。只愛流連在近郊的投金瀨水邊，尋詩覓句，不免荒廢了職務。他的長官爲了交待公事，替他想出一個辦法：把他的薪俸分一半出來，找個人替他辦公。所以，他雖做了官，也只能算掛名的「半官」。

他的詩，也如其人，沒有富麗華彩。也許因此，流傳人口的詩也不多，最有名的，還是〈遊子吟〉（亦稱〈慈母吟〉）：

慈母手中線，遊子身上衣，臨行密密縫，意恐遲遲歸。誰言寸草心，報得三春暉。

愛作詩的和尚——賈島——

出身和尚的詩人

賈島，字閬仙，范陽（今河北保定附近）人。在詩人中，他的身世較爲奇特；曾經出家爲僧，法名「無本」。這個和尚，不愛誦經，只愛作詩。常爲了沉浸於自己的詩思之中，渾然忘我，而惹出麻煩。

有一次，他騎著一匹驢子，走過長安大街。那時正當秋天，秋風吹著滿街的黃葉飄舞。他的靈感來了，吟出一句：「落葉滿長安」，想對出下一句來，一路苦思，忽然想出了一個好句：「秋風吹渭水」。

他一時高興得手舞足蹈，冒犯了大京兆的車駕也渾然不覺。結果被抓進官衙關了一夜。

又有一次，他出去訪友。因爲他是個和尚，就想像訪友的情形，得了兩句：「鳥宿池中樹，僧推月下門」。想想，又把「推」換成「敲」字。邊想，邊以手做「推」和「敲」的動作，考慮用那個字比較好。

他向來是想到詩，就會忘記一切的人。一路上忙著比劃；一下推，一下敲的，又闖了京兆尹的車駕。這一回，可比前一次運氣好；他冒犯的是正任京兆尹的韓愈。

韓愈的左右把他推到韓愈面前。韓愈問他，爲什麼走路都不注意來往的車馬？他就把他正在思考詩句的經過說了。韓愈自己是詩人，倒也了解詩人的脾氣。不但沒責罰他，反替他用心思考起來。想了一下，笑著說：「我覺得『敲』字好！」

這就是後世斟酌文字用「推敲」形容的原因。當時，這兩位詩人因此交上了朋友。韓愈覺得他不適合當和尚，就勸他還俗，參加科考。當他考上進士時。韓愈很高興，作詩：

孟郊死葬北邙山，日月風雲頓覺閑。天恐文章渾斷絕，再生賈島在人間！

他的詩風和孟郊相似，都是「苦吟詩人」，也都一生「不遇」，並稱「郊寒島瘦」。

驅逐皇帝

賈島脾氣很耿直，說話、做事全不知拐彎。他剛得中進士時，暫借住在「法乾無可精舍」裡。他的詩人朋友們，常帶了酒菜、樂器來聚會。大家喝酒吟唱，非常快樂。

有一天，他們又在精舍聚會。吟詩、唱曲，熱鬧非常。剛巧皇帝微行，到這個精舍來遊玩。聽見樓上又吟詩，又彈唱，好不熱鬧！不禁好奇，登上樓去，看到幾個人正興高彩烈的說笑吟詩。一張桌子上，放著些詩稿，就隨手拿起一份來看。賈島回頭看到了，劈手奪了過去。斜著眼，輕蔑地說：「我看你穿得這麼漂亮，像個花花公子似的！也懂詩嗎？你到這兒來做什麼？」

皇帝給他衝撞得一愣，只好訕訕地下樓去。這時，朋友才發現：被賈島趕走的人是誰，驚呼一聲：「噯呀，那是皇帝陛下呀！」

把賈島嚇死了！只好在第二天到宮門請罪。皇帝倒也沒難爲他，只把他派到偏遠的四川去做主簿。三年任滿，調到普州（今四川安岳縣北）做司倉。

他在任官的期間，還是手不釋卷的苦讀。地方官吏，對他都相當器重。結果他死在普州任上，身後非常蕭條，家裡連一毛錢都沒有。只留下一張古琴，一匹病驢而已。死後不到十天，晉升普州司戶的公文到達，他卻來不及升官了。

他雖一生坎坷，卻留下了不少傳誦後世的詩篇。他以「五言詩」作得最好，最有名的是〈尋隱者不遇〉：

松下問童子，言師採藥去，只在此山中，雲深不知處。

這首詩是略識之無的人都熟悉的，也算得他的「經典之作」了。

長安居，大不易 —白居易—

七月識「之」、「無」

歷來，白居易是被視爲展現聰明才智年齡最小的「神童」，因爲他才在襁褓之中，七個月的時候，就「認識」字了。

他的「識字」，起於保母偶然的啓發。保母抱著七個月的他，站在書屏前，把著他的小手，指著屏上的「之」字，口中便唸：「之」。又指著「無」字，口中便唸「無」。這哄小孩的遊戲，玩了幾遍之後，不需保母抓著手，他自己在聽到「之」時，便自動用小手指著「之」。聽到「無」時，又會正確無誤的指出「無」。屢試不爽。便以「神童」；正確一點說，該是「神嬰」，聞名於親友鄰里間了。

立志中進士

白居易的父、祖，都是「明經」出身；在唐朝的風氣，以「進士」爲貴，「明經」算不得什麼。他們也因而沉淪下僚，生計艱難，但畢竟是書香世家，仍以詩書傳家課子。所以他

五、六歲便學詩，九歲已通音律。少年時代，因兵亂避難至越中（浙江會稽、山陰、紹興一帶），歷經艱危，頗知民間疾苦。

到他十五、六歲時，才知道有「進士」這名稱。並且知道：唐代科舉，以「進士」爲貴。於是發憤讀書，立志要中「進士」，光耀門楣。他自稱讀書讀到口舌生瘡，手肘起繭的地步。在這樣「晝課賦，夜課書，間又課詩，不遑息矣」的努力之下，終於在二十九歲時，以第四名登進士第。也可謂「皇天不負苦心人」了。

長安居「易」

白居易在十八、九歲時，拿著自己的詩文，去拜訪顧況。顧況，蘇州人，自恃才調，眼高於頂，幾近於「目中無人」，很少稱許讚美別人。因此，大有「一字之褒，榮於華袞」的份量。見到這麼個「名不見經傳」的青年，竟然敢來投文，先就心存三分不屑。一看拜帖，名叫「居易」，便用挖苦的語氣說：「長安的物價，是百物皆貴，『居』大不『易』！」

但當他翻看白居易的詩文後，逐漸收斂了原先的輕視的態度。及至讀到「離離原上草，一歲一枯榮。野火燒不盡，春風吹又生……」時，爲之改容相敬：「以你這樣的才學詩文，那兒住不得呀？」

又欣慰道：「我以爲，文章一道，已成絕響。如今，見到你的文章，就覺得不必那麼悲觀了。」於是，到處稱頌白居易，爲白居易揚名。白居易因而爲之聲譽鵲起。

遇而不遇，幸與不幸

單就所享的盛名來說，白居易的詩，不但享譽於當時，也流傳於現今。但，白居易生前就遺憾的事，至今也仍依舊：「世之所重，我之所輕。」

世人所熟悉的，至今仍是〈長恨歌〉、〈琵琶行〉，及一些他自己認爲只是浮泛酬唱的「雜律詩」。而他自許言之有物，感時憂國、憫農傷窮，反映政治缺失、民間疾苦、社會現象的「諷喻詩」，卻一直不受歡迎。或許，正如他自己在〈與元九書〉中所言：「聞僕〈賀雨詩〉，而眾口籍籍，已謂非宜矣！聞僕〈哭孔戡〉詩，眾面脈脈，盡不悅矣；聞〈秦中吟〉則權豪貴近者，相目而變色矣；聞〈登樂游園望〉寄足下詩，則執政柄者扼腕矣；聞〈宿紫閣村〉詩，則握軍要者切齒矣……」

一百五十篇〈新樂府〉詩，沒有一首不是在踢廊廟上君臣權貴的「疼腳」。也無怪要被牛（牛僧孺）、李（李德裕）兩黨都視爲「眼中釘」，去之而後快了。

但他「爲君、爲臣、爲民、爲物、爲事而作、不爲文而作也」的〈新樂府〉詩，卻使白居易成爲一個眞正值得敬仰的「社會詩人」。從他詩題中用的：「愍、戒、哀、刺、念、傷、苦、警、鑒、疾……」等字眼，更可知在作這些詩時，他的「用心良苦」！

〈長恨歌〉與〈長恨歌傳〉

白居易的〈長恨歌〉，可謂敘事詩的不朽名篇。作〈長恨歌〉時，他三十五歲。參加「才識兼茂明於體用科」的考試，授盩厔尉。在盩厔認識了兩位志同道合的文友陳鴻和王質夫。公餘之暇，他們常相約到仙遊寺玩。談起唐玄宗和楊貴妃的故事，彼此感慨惋嘆不已。王質夫便慫恿白居易作一首長歌，來記此「希世之事」。白居易因而作了〈長恨歌〉。

但，他的用心，並不僅是記載一則美麗的「愛情故事」。而是「不但感其事，亦欲懲尤物，窒亂階，垂於將來」。詩作了，又慫恿陳鴻作「傳」。於是，陳鴻也寫了一篇〈長恨歌傳〉。唐代文學，首推「唐詩」，次爲「傳奇」。這一歌、一傳，在「唐詩」與「傳奇」的領域中，各自傳世不朽。

〈長恨歌〉在當時流傳之廣，不下於後世宋代「有井水處，皆傳唱柳詞」的柳永。有一個故事，更令白居易自己聽了爲之啼笑皆非。一個青樓名妓自抬身價的說詞是：「我能背誦白學士的〈長恨歌〉！難道可以和一般青樓女子相提並論嗎？」

朋友風義

提到「白居易」，便使人聯想到「元稹」，反之亦然。這在詩壇上被稱爲「元白」的兩位詩人，不但在詩壇上齊名，私交亦篤。二人志趣相投，政治理念、文學見解都十分相近。合作〈策林〉七十五篇，議論時事。在元稹以忤逆權貴而遭貶謫時，他曾上疏力救，並寫下他自謂使「執政柄者扼腕矣」的〈登樂游園望〉：

獨上樂游園，四望天日曛，東北何靄靄，宮闕入煙雲。愛此高立處，忽如遺垢氛；耳目暫清曠，懷抱鬱不伸。下視十二街，綠樹間紅塵，車馬徒滿眼，不見心所親。孔生死洛陽，元九謫荊門。可憐南北路，高蓋者何人？

而他謫江州司馬時，元稹亦有一首極感人的〈聞白樂天左降江州司馬〉：

殘燈無焰影幢幢，此夕聞君謫九江。垂死病中驚坐起，暗風吹雨入寒窗。

白居易的弟弟，以唐傳奇〈李娃傳〉聞名的白行簡，曾寫過一篇〈三夢記〉。其中之一夢，就是寫元、白二人的「心靈感應」：

元和四年，元稹奉使出關。離京十幾天，白氏兄弟和朋友同遊曲江，到慈恩寺閒逛。晚上一同在朋友家喝酒。白居易舉杯沉思。嘆道：「微之，如今該到梁州了。」說著，便在屋壁上題了一首詩：

春來無計破春愁，醉折花枝作酒籌。忽憶故人天際去，計程今日到梁州。

並記下日期，是二十一日。過了十幾天，有人從梁州來，帶來元稹一封信，附了一首〈記夢〉詩：

夢君兄弟曲江頭，也入慈恩院裡遊。屬吏喚人排馬去，覺來身在古梁州。

後面所署日期，正是他們遊寺題詩的日子。這眞可謂「心有靈犀一點通」了。

江州司馬青衫濕

「文窮而後工」，現實際遇的不幸，往往成爲培植文學園地中奇花異卉的養料。白居易傳世不朽的〈琵琶行〉便是一例。

江州（今江西九江）之貶，對白居易打擊是很大的。滿懷失志坎坷的不平，又加上從繁華的京師，一下淪落到窮鄉僻壤的江州，那眞是有雲泥之判。

〈琵琶行〉之所以比〈長恨歌〉更爲深刻感人。便在於〈長恨歌〉寫的是「別人」的故事。而〈琵琶行〉寫的是自己的遭際。那位「老大嫁作商人婦」琵琶女的身世，正觸動了他自己的傷心處。「同是天涯淪落人，相逢何必曾相識」，十四字中，多少悲酸！「男兒有淚不輕彈」，「江州司馬」到了「傷心處」，又焉能不「青衫濕」？他哭的，是他自己無以宣洩的委屈呀！

白髮紅顏楊柳枝

白居易晚年，有兩個侍妾。樊素善歌，小蠻善舞。也就是所謂：「櫻桃樊素口，楊柳小蠻腰」。

白居易日益衰邁，而小蠻風華正茂，嬌豔動人。因而作〈楊柳枝〉詞託意：

一樹春風千萬枝，嫩於金色軟於絲。永豐西角荒園裡，盡日無人屬阿誰？

又作〈別柳枝〉詩：

兩枝楊柳小樓中，嫋娜多年伴醉翁。明日放歸歸去後，世間應不要春風。

據他〈不能忘情吟序〉中稱，〈別柳枝〉是為樊素作的。那時，可能小蠻已先離去了。但樊素，念主人已老，情詞哀楚的不肯離去，使他老懷彌慰。可是，他又有另一首詩，有「病共樂天相伴住，春隨樊子一時歸」之句，顯然，樊素終究還是走了。

自稱「一生出處，與樂天相類」的蘇軾，在〈朝雲詩〉中，特別提出這兩句詩來證明：在這一點上，他比白居易有福。因為，陪他貶謫嶺南的朝雲，不離不棄，更勝樊素。

老嫗能解樂天詩

傳說，白居易作了詩，都先念給不識字的老太婆聽。然後，問她「懂不懂？」老太婆說「懂」的，他才保留。否則，就再加刪改，直到老太婆能「懂」為止。這足以說明，他的詩，不是為「小眾」的「知識分子」作的。而是走平易近人「大眾化」的路線。當然這並不表示他所有作品都如此，但一般來說，他不過分雕琢藻繪，文字自然樸實，真的是比當時許多人的詩易懂。

蘇軾評元白：「元輕白俗」。而白居易的「俗」，是「通俗」，而非庸俗、低俗，「俗」又何妨？

有才無行、才大量小 —元稹—

北魏拓跋氏之後

元稹，字微之，河南河內（黃河以北地區）。一說，他是洛陽人。

講到唐代大詩人，絕不會漏掉與白居易齊名的元稹；他二人合稱「元白」。他們的詩風平易，善詠風物人情，社會現象。因而上自士子，下至小民，無不朗朗上口。因他們盛行的時代在唐憲宗「元和」年間，而被稱為「元和體」。

若不細究元稹家世，大概一般人不太能想像；他原非中土人氏。換言之，他不是漢人，而是鮮卑人，是北魏拓跋氏的後代。

「北魏」是努力漢化的鮮卑族所建的國家。北魏孝文帝更改原來的姓「拓跋」，為漢姓「元」。元稹是拓跋氏之後，只因居漢數世，早已同化了。因此，我們後世人，只知他是中國唐代詩人，誰管他是胡是漢？

寡母教子成名

元稹早孤，八歲喪父。家貧，由寡母鄭太夫人教養成人。鄭氏甚賢，親自授書，又教他習書法。他九歲能作文，十五歲，參加「明經」的考試，擢第。

二十四歲，調判入四等。授秘書省校書郎，步入仕途。二十八歲，應制舉才識兼茂，明於體用科；制舉，又稱「特科」，是由皇帝下詔而臨時設置的科舉考試科目，目的在於選拔各類特殊人才。一般有賢良方正能直言極諫、才識兼茂明於體用、茂材異等三科。當時，那一次的考試，總共錄取了十八人，元稹以第一名登榜。

他在仕途上，雖非一帆風順。卻也曾直上青雲，做過宰相。說來，都歸功於母教。

花前月下〈鶯鶯傳〉

凡是中國人，沒有不知道《西廂記》的。《西廂記》的原始故事：《唐傳奇》中的〈鶯鶯傳〉，就是元稹的「溫卷」之作。

對〈鶯鶯傳〉的各種附會很多。但大多數人共同的看法：那位始亂終棄，還要說上一大篇歪理的輕薄才子「張生」，就是元稹自己「夫子自道」。

換言之，《鶯鶯傳》是元稹少年風流的自供狀。雖然文章中把崔鶯鶯設定是仕宦名門的大家閨秀。後來的《西廂記》更稱她為「相國之女」。但一般的看法，都認為「崔鶯鶯」的出身其實不高。絕不會是什麼「相國之女」或名門閨秀。否則，以崔鶯鶯不但是門第高貴，而且是連皇家都想連姻而不可得的「五姓女」，還又兼相國之女。這樣高貴的身分，必然居高位的親屬、門生故舊滿朝廷。現實功利如元稹，也就絕不會絕情而去了。由此，可見元稹爲人，實非忠厚之輩。有才則有才，無行亦無行。

但他有一首〈離思〉：

曾經滄海難為水，除卻巫山不是雲。取次花叢懶迴顧，半緣修道半緣君。

前兩句，常被引來爲「堅貞愛情」作註腳。與〈鶯鶯傳〉的薄倖，判如兩人！

悼亡絕唱〈遣悲懷〉

他的妻子韋叢，是太子少保韋夏卿的幼女。二十歲嫁給元稹時，元稹尚未成名。夫妻之間恩愛彌篤，她食貧無怨的，陪他渡過他生命中最艱苦的日子。多年後，他到河南作官，仕途漸有平步青雲之勢，韋叢因故未能同行。元和四年，韋叢去世時，他也無法趕回長安見最後一面，一生引以爲憾。

到他功成名就之際，想起妻子當年賢淑體貼，卻無法與他共享今日的富貴榮華。爲悼念亡妻，而寫下三首情眞意摯的〈遣悲懷〉：

謝公最小偏憐女，自嫁黔婁百事乖。顧我無衣搜藎篋，泥他沽酒拔金釵。野蔬充膳甘長藿，落葉添薪仰古槐。今日俸錢過十萬，與君營奠復營齋。

昔日戲言身後事，今朝都到眼前來。衣裳已施行看盡，針線猶存未忍開。尚想舊情憐婢僕，也曾因夢送錢財。誠知此恨人人有，貧賤夫妻百事哀。

閒坐悲君亦自悲，百年多是幾多時？鄧攸無子尋知命，潘岳悼亡猶費辭。同穴窅冥何所望？他生緣會更難期。惟將終夜長開眼，報答平生未展眉。

在歷代悼亡詩中，〈遣悲懷〉可稱絕唱。

「元白」情誼

元稹與白居易齊名，兩人也有非常深厚的友誼，爲時人所稱道。

在他們年輕時，都曾因爲忤逆權貴而遭貶謫。在他與宦官劉士元衝突，貶至江陵士曹參軍時，白居易曾有一首〈初與元九別後，忽夢見之。及寤而書適至。兼寄桐花詩悵然感懷，因以此寄〉，詩中有幾句：

……昨夜雲四散，千里同月色。曉來夢見君，應是君相憶。夢中握君手，問君意何如？君言苦相憶，無人可寄書。覺來未及說，叩門聲冬冬。言是商州使，送君書一封。枕上忽驚起，顛倒著衣裳。開緘見手札，一紙十三行……

「枕上忽驚起，顛倒著衣裳」之句，寫出了白居易對他的友情。而元稹有一首〈聞樂天授江州司馬〉，短短四句，也寫盡了他對白居易的關切與深誼。：

殘燈無焰影幢幢，此夕聞君謫九江。垂死病中驚坐起，暗風吹雨入寒窗。

得理不饒人

《舊唐書．元稹傳》中，有兩句形容他的話，頗見褒貶：「稹性鋒銳，見事風生」。指出他是個喜歡煽風點火，無事生非的人。他少年得志，尤其勇往直前，不留餘地。當「監察御史」，連已死的人都不放過。使在朝的執政者，對他十分不滿。

有一次，他路過敷水驛，占了正廳。內官劉士元後至，論官職，他比劉士元低。依官場倫理，他應退讓。他卻不理會這一套「不成文法」。劉士元大怒，追著他打，打得他臉上帶傷，光腳逃走。

執政者認爲他才剛出道，就如此作威作福，抗拒上官。因此，他遭到第一次貶謫，降爲江陵府士曹參軍。

當時，宦官專權，頗令有志之士憂慮不平。因此，對這件事，當代與後世的人，倒也有不同的看法。但他後來官至宰相，所作所爲，也並不能「以德服人」，所以一生都不受朝野敬重。即便是喜愛他的詩的，也不喜他爲人。「素無檢操」成爲他爲人的定論。這樣的作爲，即使再好的才華，也得不到別人眞正的尊敬。

才大量小

元稹善爲詩賦。當時宰相令狐楚爲一代文宗，對他十分賞識提拔，薦之於朝。他的詩，傳唱入宮禁。尤以寫唐玄宗故事的敘事詩〈連昌宮辭〉，更得到皇帝（穆宗）的欣賞，不次拔擢。不久就召入翰林，爲承旨學士。到長慶二年，更拜平章事，等於是宰相了。但《舊唐書》記載卻是：「詔下之日，朝野無不輕笑。」

對他大有「沐猴而冠」的不屑與不齒，就因爲他「德不配位」。

尤其受批評的是，他曾受令狐楚拔識。到自己身居相位，卻完全沒有提拔援引別人的雅量，反而橫加打壓。令狐楚也同樣欣賞詩人張祜，以張祜詩三百篇薦之於朝，要張祜入京候詔。皇帝問元稹：「這個人的詩賦如何？」元稹卻疑忌張祜，怕他奪了自己的光彩。回奏道：「張祜善於雕蟲小技，這是壯夫不為的事。如果陛下太獎勵他，恐怕有礙風教。」

因此張祜失意而返。作詩自悼：「賀知章口徒勞說，孟浩然身更不疑。」

後人批評元稹忌賢嫉能，心狹量窄，顯然並不冤枉他。

更有人連帶批評他的詩：「如李龜年說天寶遺事，貌瘁而神不傷。」

立身處世，「誠意正心」為第一要務。像元稹，官不謂不高，才不為不大。但，當時、後世，對他人格的風評不佳。多少也是他咎由自取，也足為後世人借鑑！

被稱爲「詩鬼」的詩人

——李賀——

宗室神童

李賀，字長吉，隴西成紀（今甘肅天水）人，是唐代宗室鄭王之孫。在文學家中，有些是屬於大器晚成的，有些則是才華早露，有神童之名。李賀就屬於早慧一類，七歲就能作出令人嘆賞的文章，並因此聞名京師。

當時的文章泰斗韓愈讀了他的文章，非常佩服，卻不知道作者是誰。對皇甫湜說：「這文章若是古人作的，也許我們無法確知。如果是今人作的，豈有我們不認識之理？倒要去見識一下這位能作出這樣好文章的才子！」

雙雙來到李家，請見「作家」。不料出來的是個梳著羊角小辮，眉清目秀的七歲小男孩。他們大吃一驚，不大相信，請李賀當面作一首詩。李賀一點也沒有爲難之色，立刻提起筆來就作了一首詩。命題爲〈高軒過〉，寫的內容就是兩位大文學家來訪：

華裾織翠如青蔥，金環壓轡搖玲瓏。馬蹄耳隱聲隆隆，入門下馬氣如虹。東京才子文鉅公，二十八宿羅心胸。六精照耀當中貫，殿前作賦聲摩空。筆補造化天無功，龐眉書客感愁蓬。誰知死草生華風，我今垂翅附冥鴻，他日不羞成蛇龍！

這一下，兩位文學家心服口服，又驚又喜，親自為他束髮；本來，小孩子只紮羊角辮子。十五歲「成童」，才束髮；表示已將成人，不是小孩了。替他束髮，是表示不把他當小孩看，把他當他大人了。又和他聯鑣並轡，招搖過市。讓人家都知道兩位當代名家對這位「小朋友」的禮遇。從此他聲名鵲起，人人都知道有個名叫「李賀」的七歲神童了。

避諱拒考

李賀才華出眾，為人卻孤傲不合群，使當時許多文人對他又嫉又恨。

他雖是宗室之後，但晚唐的「宗室」，徒具虛名，沒有實質的前途可言。若想要循正途入仕，還是得參加科舉考試。唐朝極重「進士」，進士可以說是青雲的階梯。若沒個進士資格，就是低人一等，出不了頭。李賀自負才華，當然也想一展抱負。

嫉妒他的人，想出了一個卑鄙的方式來打擊他；古代對尊長的名字，非常的尊重。不能書寫、言說，稱之為「避諱」。最初，只是避那一個字。後來，越演越烈，變成連同音，乃至讀音相近的字都要避，稱之爲避「嫌名」。這一下麻煩了，李賀的父親名叫「晉肅」，音與「進士」相近。這些人就散播言論，說：「李賀如果參加進士考試，成了『李進士』，不是犯了他父親『李晉肅』的名諱嗎？那有人子可以犯父親名諱的呢？」

韓愈知道這些人居心惡毒，特地作了一篇〈諱辯〉。認爲「避諱」避到這個地步，毫無道理。但李賀受了這些人的言論影響，不願因爲考進士而受人非議，就不肯參加進士考試。失去了由正途入仕，一展抱負的機會。但他心中對這件事，頗爲耿耿於懷，也因此更鬱鬱不得志。他的英年早逝，與這件事恐怕也不能說沒有關係吧。

漫遊尋詩

他的「本傳」形容他的相貌，相當的奇特；他身體非常纖細瘦弱，兩道眉毛是相連的；就中國人一貫的說法：由兩眉間的距離，可以看出一個人的個性。眉心越寬，人的性情越開朗。像他這樣，兩眉連成一線，在先天氣質上，就必然是個多愁善感，抑鬱寡歡的人。還有，他的手指特別的長，寫字的速度非常快。

他作詩的方式，也和別人不同；他日常無事，除了喝醉酒，或弔喪，總騎著一匹瘦馬，帶著個背著古錦囊的小書童，四處「尋詩」。他一路不斷思索，有了靈感，或片言斷句，就隨手寫在紙片上，扔到古錦囊裡。等回到家，再把這些材料組合成詩。他作詩作得很辛苦，但作成了以後就拋開了，不再檢視修改。

他的母親對他的身體非常關心，他回家時，常命侍婢去檢查囊中的紙片有多少。若多，就又擔心、又生氣的罵：「這個孩子，不把心血嘔出來是不罷休的！」

他的詩風奇特詭異，別具風格，與眾不同，別人想學都學不來。他的樂府詩，非常合律，可以入樂，因此都被樂官譜成樂曲。他也因此做了「協律郎」的官。後人都說，他的詩帶著陰鬱之氣，稱他爲「詩鬼」。作詩作到這樣鬼氣森森，恐也不是長壽之徵吧？

英年早逝

他一生抑鬱不得志，曾說：「我年二十而不得意。一生愁心，就像秋天的梧桐葉一樣凋零了。」

傳說，他二十七歲時，忽得重病。大白天，恍惚看到穿著紅衣，乘著赤虯的人，從雲端降下來。手上拿著刻著字的木板。那字體，像是古代雷文。對他說：「上帝新築的白玉樓完工了，召你去作樓記。」

李賀向那人叩頭，說：「我不能去；我去了，我年老多病的母親怎麼辦？」

那個人笑著說：「天上比人間快樂多了，不苦的。你還是跟我走吧！」

過了一下，有人看見窗中冒出了濃濃的煙氣，又聽到車聲行駛得飛快的聲音。再看李賀，李賀已經斷氣了。

他作的詩，常作完就被人要了去，沒留底稿。他又英年早逝，還有人因嫉恨他，故意收集他的詩燒掉，因此，他的詩留下的，大約只有十之四五，大多數的作品都失傳了。杜牧非常推重他，爲他的詩集作序，推許說：「他的詩，是從《離騷》發展來的，說理上不如《離騷》，文辭卻有過之。可惜他死得太早，若能多活些時候，好好的努力於說理的話，恐怕連《離騷》都不夠看了。」

千首詩輕萬戶侯——張祜——

遇而不遇

張祜，是晚唐時的詩人。他的詩作得很好，但對應舉的「時文」沒興趣，所以無法以一般士人的正途入仕。但當時，另有途徑給這些有才華，但不想應舉的人一展長才；如果有居高位的人「慧眼識英雄」，也可以直接向皇帝推薦他的文才。當年李白也不曾應進士考試，卻因詩作得好，做了「翰林學士」，就是一個例子。

張祜算是很幸運的，遇到了慧眼識人的天平節度使令狐楚。令狐楚本身才學極好，在當時文壇，把他與杜甫、韓愈相提並論，稱：「杜詩、韓文，令狐奏章」。當時的奏章，多用四六駢體文，他的奏章，被視爲當代第一。因此在文壇、政壇都有很高的聲譽。尤其難得的是，他極愛才，最喜獎掖提拔後進。當代他提拔，而後世「有名有姓」的詩人，除了張祜，還有元禛和李商隱。

他看了張祜的詩文，極爲欣賞，親自寫奏章推薦給朝廷。並命張祜謄錄了三百首詩作，進京師待命。

照這樣的發展，張祜應該是有機會被皇帝賞識的。但，不幸，當時元稹是皇帝親信的詩人。皇帝看到奏章，問元稹：「你看這個人的詩如何？要不要重用？」元稹是個心胸狹窄的人。他當年也曾受過令狐楚的獎譽，如今卻怕張祜得意，會搶了他的風光。就說：「張祜的詩，不過是雕蟲小技，壯夫不為。皇上若獎勵他，恐怕會造成文壇的不良風氣。」

就這麼一句話，毀了張祜的前途。張祜不平的作詩自悼：

賀知章口徒勞說，孟浩然身更不疑。

他從此放浪江湖，做了一生在野的處士。但，公道自在人心，元稹雖做到宰相，當時士林對他的評價並不高，而且都為張祜不平。諷刺說：「他對張祜的評價，正適用於他自己！而且，他的說辭，並不能影響張祜的聲譽，反倒顯示出他自己人格的卑下！」

的確！張祜的詩雖然沒有列入唐詩大家，但也有些膾炙人口的詩流傳至今。如〈題金陵渡〉：

金陵津渡小山樓，一宿行人自可愁。潮落夜江斜月裡，兩三星火是瓜洲。

〈宮詞〉

故國三千里，深宮二十年。一聲河滿子，雙淚落君前。

好詩就是好詩！這不是誰可以一手遮天，抹煞得了的！

口吻生華不讓人

張祜是個苦吟詩人。一吟起詩來，廢寢忘食，連耳朵都「關」起來了。家人怎麼喊，他都「聽不到」，還振振有辭的說：「我正當口吻生華，哪有空跟你們囉嗦。」

他不但「口吻生華」，而且口角鋒芒，令人招架不住。他有一次和朋友崔涯一同去拜訪當時的宰相李紳，自稱「釣鰲客」。李紳問：「你釣鰲，以何爲竿？」

「長虹。」

「以何爲鉤？」

「新月。」

「那，以什麼爲餌呢？」

張祜哈哈大笑：「當然是短李相公呀！」

「短李」，正是李紳的外號；因爲他個子矮小，所以當時人稱「短李」。李紳哭笑不得，又欽佩他的勇氣，不但不曾加罪，反而厚贈了他一筆財物嘉勉。

他說的這一段話，和李白與李林甫之間的傳說很相似。但《新唐書》、《唐才子傳》的李白記載中，都沒有這一則，也許是後人混淆了吧。

雅謔

張祜和白居易是詩友，時常用對方的詩句互相調侃。有一次，他去看白居易，白居易對他搖頭：「你怎麼做起問頭詩來了呢？你看，你的新作〈憶柘枝〉裡寫的：『鴛鴦鈿帶拋何處？孔雀羅衫付阿誰？』不是問頭詩嗎？」

張祜笑著承認：「明公責備得是！不過，明公的詩卻也像目連經呢！」

白居易不懂他的意思。張祜說：「明公的詩〈長恨歌〉中有兩句：『上窮碧落下黃泉，兩處茫茫都不見』，寫的不是『目連尋母』嗎？」

此言使得滿座賓客哈哈大笑，白居易自己也不覺莞爾。他和當時的另一位大詩人杜牧也是好朋友。他雖然一世白衣，沒有功名，卻很受當代士林的推崇尊重。杜牧就曾贈詩給他，詩中有「何人得似張公子，千首詩輕萬户侯」之句，推崇備至。

曲罷不知人在否 ——趙嘏——

長笛一聲人倚樓

趙嘏，也是晚唐的知名詩人。他在唐武宗時進士及第，詩名很高。唐宣宗也知其名，想給他個好職位。命人呈送他的詩文。但看到他寫的趙嘏〈題秦詩〉：（傳說，這是〈題秦詩〉的殘句，全詩不詳。）

> 語風雙燕立，裊樹百勞飛。松島鶴歸書信絕，橘州風起夢魂香。徒知六國隨斤斧，莫有群儒定是非。

認爲他是譏議時政，頗爲不悅，因而作罷。

他雖仕途不得意，在士林間的聲譽卻很高。他寫過一首〈長安秋望〉：

> 雲物淒涼拂曙流，漢家宮闕動高秋。殘星幾點雁橫塞，長笛一聲人倚樓。紫豔半開籬菊

靜，紅衣落盡渚蓮愁。鱸魚正美不歸去，空戴南冠學楚囚。

使杜牧十分嘆賞，稱他爲「趙倚樓」。他的〈聞笛〉詩也十分有名：

誰家吹笛畫樓中，斷續聲隨斷續風。響遏行雲橫碧落，清和冷月到簾櫳。興來三弄有桓子，賦就一篇懷馬融。曲罷不知人在否，餘音嘹亮尚飄空。

看來，趙嘏對笛是特別偏好的。

愛情悲劇

趙嘏家住浙西，家中有一個愛妾，美麗多情。與他兩情相悅，十分恩愛。趙嘏是個讀書人，不能免俗的要入京應試，求取功名。他家中有高齡老母，放心不下。因此，留下愛妾在家照顧老母，獨自入京趕考。

時逢中元節，他的愛妾陪老太太到鶴林寺燒香。不巧，被當時鎮守浙西的節度使看見了。當時各地軍閥割據，節度使等於是「土皇帝」。看上了誰，不由分說，搶了就走，哪有道理可講？趙嘏聽說了，傷心萬分，也無可奈何。只能作詩寄情：

寂寞堂前日又曛，陽臺去作不歸雲。當時聞說沙吒利，今日青娥屬使君。

這個節度使，倒也還有些人情味。見到這首詩，又見搶來的美人，終日愁眉淚眼，鬱鬱寡歡，也動了惻隱之心。命人把趙嘏的愛妾送到長安還給他。

那時趙嘏正巧出關，兩人在橫水驛重逢。恍如隔世，抱頭痛哭。這愛妾本來嬌怯柔弱，禁不起這樣的磨難，和車馬勞頓之苦。在大悲大喜的感情衝擊之下，隔天就香消玉殞，死在他的懷中了。

經此情傷，趙嘏一直念念不忘伊人，鬱鬱寡歡。才四十幾歲就死了，據說，他臨死時，彷彿看到什麼人；也許就是看到他摯愛的伊人來迎接他吧。

梁啓超也弄不懂的詩義

——李商隱——

寒門才子

李商隱，字義山，號玉谿生，懷州河內人（今河南沁陽）。說來也是出身於仕宦之家。但，上溯三代，都不曾做過達官顯宦。也因此，家境清寒。少孤，身爲長子，承家理業的重擔，無可推諉。在「四海無可歸之地，九族無可恃之親」的情況下，傭書販舂之事，親力親爲。在這樣孤寒的境遇中，他仍然發憤苦讀。雖然仕宦之途，坎坷多艱。終能以「詩名」流傳後世，只此一點，也令人肅然起敬了。

知遇恩深令狐楚

李商隱一生際遇，與令狐家關係極爲密切。

令狐楚，是第一個賞識李商隱才華的人。李商隱弱冠（二十一歲）時，以文才自許。但因家境清寒，沒有顯貴援引提攜，在當時風氣下，極難出頭。因此，他以文章爲媒介，投給當時鎮河陽的令狐楚，以求賞識。

令狐楚見到他的文章，驚爲奇才。當時的李商隱不擅對偶，而令狐楚的「駢儷四六」，爲一時獨步。於是，他將李商隱收歸門下，親自教授駢儷的要訣。李商隱後來長於律詩，特別以「對偶」見長，不能不說是令狐楚的啓蒙。

不僅如此，令狐楚又保奏他爲巡官，安置帳下爲幕僚。並命自己的兒子們與他交遊，更資助他上京博取功名。

開成二年，高鍇知貢舉（科舉考試的主試官）。高鍇與令狐楚爲知交，因著令狐楚極口稱譽，使李商隱順利得中進士。

不幸的是：就在這一年，令狐楚去世了。李商隱也自此失去了蔭庇，成爲浮沉宦海中的一葉小舟。

失意非關牛李黨爭

很多人認爲，李商隱一生失意於宦途，是因爲他受牛黨令狐楚提拔之恩於前，卻又娶李黨王茂元的女兒，成爲王茂元的女婿。顯然有背棄恩主，忘恩負義之嫌。因此，牛黨得勢，令狐楚之子令狐綯拜相，也不肯伸手援引這少年時代的朋友，以致李商隱落拓一生。

事實上，李商隱「官卑職小」，恐怕還沒有在牛、李黨傾軋中「受害」的資格；就像現在，不論那個政黨執政，對「基層人員」都不會構成影響。他雖長於文章、詩賦，未必有政治上的長才。試看，古今文章名家，有多少做大官的？文才和政治才能本是兩回事。李商隱就婚爲王茂元之婿後，也並沒有和令狐綯斷絕往來。二人之間，還不時有詩文酬唱贈答。令狐綯不加援引，當非爲牛李黨對立之故，倒可能因爲嫉才。以人性來說，他的父親那樣賞識李商隱。而他本身的才學顯然不如，相形之下，很可能會在潛意識中懷怨的。

後人把李商隱許多「豔情詩」，解爲仿屈原《離騷》，向令狐綯「乞憐」之作。這才眞是貶損李商隱至極！若說無行，這才無行之至！連一點自尊風骨都沒有了！

《唐才子傳》記載：「商隱『廉介可畏』。出為廣州都督，人或袖金以贈。商隱曰：『吾自性分不可易，非畏人知也。』」這樣的個性，像是會搖尾乞憐的無行文人嗎？

獺祭魚

「詩家總愛西崑好，只恨無人作鄭箋！」李商隱的詩，美到極致，又極隱晦難解。原因之一，是用「典」太多了。

據說，他作詩、作文的時候，都要搬一大堆的書來檢閱。想必不是臨時抱佛腳去搜求典故，而是檢核典故的出處是否精確。這正可證明他寫作的態度嚴謹，不炫捷才，草率從事。但也因此被調侃：像水獺捉了魚，排成一排，準備「祭」五臟廟。

當時，與他文風相類，以駢儷名家的還有溫庭筠、段成式。湊巧，這三人的「大排行」

（同祖輩的堂房兄弟）都是「十六」。於是這種纖穠唯美的文體，便被稱爲「三『十六』體」了。

無題是爲誰

李商隱詩中最膾炙人口的，是「無題」，和雖有題，卻迷離不清，一往情深的豔情詩。這些詩，在《李義山詩集》中，占有相當大的比例，也最爲人稱賞。但，正如梁啓超云：「講的什麼事，我理會不著。拆開一句一句叫我解釋，我連文義也解不出來！」

博學如梁任公尚且如此坦白招供。那學識不如他的人，更如何解得？但，千百年來，愛李商隱詩的，何止千萬！是什麼魔力，使「不懂」的人卻「總愛西崑好」呢？一字以概之，那是「美」！美得令人愛不釋手。又因其隱晦難解，更覺迷離惝怳，探索不盡，餘韻無窮！歸結歷來推求解析的結論，有幾種說法。又分爲兩大類：

第一類，是以此爲「寄託」。也就是說，並非實有這樣一位「女主角」，只是如屈原「美人香草以託君臣」，用以寄託忠愛之情。寄託的「對象」，多數人歸之於令狐綯。因爲以李商隱的身分，還夠不上以皇帝爲對象。能提拔援引他的，也只有令狐楚之子令狐綯。

第二類，則認爲寄情對象，實有其人。只以身分關礙，不便明言，所以故佈疑陣。用典故堆砌出撲朔迷離的情境，故作神秘。這一類，又有幾個歧異的說法：第一說，伊人爲令狐綯愛姬，一並指陳歷歷；李商隱因此而失歡於令狐綯，以致終身不遇。第二說，伊人爲李商隱的妻妹。換言之，姊夫與小姨相戀。因不容於禮法，不敢明言。第三說，則是蘇雪林女士的創見。李商隱青年時代有兩段遇合，一位是女道士，一位是宮嬪，都具有特殊身分。尤其後者，一個不謹，便可能招致雙方的殺身之禍。所以不能不有所隱諱。

到底誰是誰非，讀者不妨把各家之說一一讀過，「自由心證」的取捨判斷。

非僅「唯美詩人」

雖以「豔情詩」爲詩作大宗，但只以此論斷李商隱，也是不公平的。他也有用世之心，憂國之志。像〈哭劉蕡〉：

> 上帝深宮閉九閽，巫陽不下問銜冤。廣陵別後春濤隔，湓浦書來秋雨翻。只有安仁能作誄，何曾宋玉解招魂。平生風義兼師友，不敢同君哭寢門。

爲以直言迕宦官，而貶柳州司戶的劉蕡不平。又如〈賈生〉：

> 宣室求賢訪逐臣，賈生才調更無倫。可憐夜半虛前席，不問蒼生問鬼神！

除此之外，他藉詠史以諷喻時事的作品，和為社會不平的詩作也甚多，又豈僅「唯美」而已？恐怕這才是他被尊為「杜（甫）後一人」的所在！

有子名「白老」

白居易晚年，對正當少壯的李商隱十分欣賞。曾對他說：「希望我死後，能投胎到你家，當你的兒子！」

因此，白居易死後，李商隱生子，命名為「白老」。不料，這叫「白老」的兒子，十分愚魯。溫庭筠取笑：「若把你當白侍郎投胎轉世，也未免太離譜了吧？」

後來，李商隱又生一子，十分聰慧俊美。大家都說：「說這個孩子是白侍郎後身，還差不多！」

但，這名叫「袞師」的孩子，並沒有什麼特別成就，也未曾留名於後世。或許是李門秀氣，已被李商隱一人拔盡了吧？

十年之約的風流才子——杜牧——

阿房宮賦動公卿

杜牧，字牧之，京兆萬年（今西安市）人。出身於官宦世家。他的祖父是唐德宗、憲宗兩朝，曾任宰相，並著有史學名著《通典》的杜佑。堂兄杜悰，也曾入閣拜相。而他卻不曾因而受到什麼蔭庇，全憑實力，循科考的途徑，步上宦途。

在他考進士之前，已以〈阿房宮賦〉名動公卿。當時主試官是侍郎崔郾。太學博士吳武陵，特別去拜訪崔郾，向他推薦：「剛才，我偶然看到十幾士子，揚眉抵掌，興奮異常的在共讀一卷文章。我取來一看，原來是準備參加進士考試的杜牧之作的〈阿房宮賦〉。由此一賦看來，此人實具王佐之才！」

說著，就取出〈阿房宮賦〉，大聲朗誦給崔郾聽。崔郾也大為讚賞。吳武陵說：「這樣的人才，該給他當「狀頭」（狀元）！」

崔郾十分為難，道：「狀頭，已經內定了！」

吳武陵激昂地說：「最起碼，也得在前五名！否則，把賦還我！」

崔郾嘆口氣：「我也早聞此人之名。只是，人家都說：他個性疏曠而不拘小節。但，你既這樣力薦他，我敬如所教就是了！」

杜牧果然在那一次考試中以進士第五名及第，當時他才二十六歲。

湖州惆悵揚州夢

落魄江湖載酒行，楚腰纖細掌中輕。十年一覺揚州夢，贏得青樓薄倖名。

這是杜牧少年風流的自白。當時，牛僧孺爲淮南節度使，駐節揚州。非常欣賞杜牧的才華。特聘年輕英俊，才華橫溢的他掌「書記」（秘書）。

公餘之暇，這位美姿容、好歌舞，風流倜儻又文采斐然的多情才子，不免流連歌臺舞榭，沉醉於青樓紅粉的鬢影衣香中。當時的風氣是非常開放的，並沒有官員不許流連青樓的限制。他也認爲：這是他公餘之暇的「私生活」，不關牛僧孺的事。當然，這些事也是瞞著牛僧孺的。

兩年多後，他以「拾遺」被召赴京上任。臨別時，牛僧孺勸他：到京城後，言行要特別檢點。不可以像在揚州時生活頹廢放縱。

杜牧起先不肯承認。牛僧孺微笑，命人抬出一口箱子。取出箱中一大落的柬帖。柬帖按日記錄著他的行蹤，他什麼時候，進入了那一天青樓，召了那一位名妓作陪。最後一句話都是「杜書記平善」。原來，牛僧孺擔心他「私生活」的安全，命人隨時暗中跟隨保護。這些柬帖，都是奉派保護他的屬下報平安的。

他爲侍御史時，聽說湖州出美人，特地前往湖州物色佳麗。當地的崔刺史，知道他的來意，召集了湖州所有名妓在宴前獻藝，卻沒有一個讓他中意的。

他要求崔刺史爲他準備一艘畫舫，沿河作樂。讓百姓自由圍集看熱鬧，他再從中物色他心目中的仙女。

屆時，果然百姓扶老攜幼，趕集一般的夾岸觀看。但直到黃昏，都沒有收穫。正準備放棄，忽然看到一個婦人，帶著一個十歲左右的小女孩來了。女孩年齡雖小，卻眉目如畫，絕豔無雙。杜牧大喜，便請她們到舟中來。

母女倆聽說女孩被杜牧看中了，以爲他馬上要把小女孩帶走，都十分害怕。杜牧也覺得女孩還太小，目前只宜「閨中待年」，等她長大，才能談聘娶之事。便安慰那婦人說：「你不要害怕！她還太小，不必現在就跟我走。日後，我會設法到湖州來做刺史，那時再接她入府。」

婦人問：「如果官人一去不回，豈不擔誤了我女兒的青春？總得有個期限。」

杜牧想想，說：「你們就等我十年；我十年內一定會回來。如果十年不來，她儘管嫁人。」

他寫下字據，留下聘禮，訂下了十年之約。

怎料一入仕途，身不由己。他十四年後，才得如願以償，到湖州任刺史。命人去找這女孩。得到的回覆是：女孩已經嫁人。如今，都生了兩個兒子了！

杜牧命人喚那婦人，以「負約」相責。婦人的態度十分冷靜淡定，自懷中取出杜牧當日寫的字據。道：「官人當日說了以十年為期。她是等過了十年才出嫁的！」

杜牧為之啞口無言，賦詩寄意：

自是尋芳去較遲，不須惆悵怨芳時。狂風吹落嬌紅色，綠葉成陰子滿枝。

厚禮餽贈遣回。由此可知，杜牧風流，卻是好色不淫的坦蕩君子，絕不倚勢強求。

狂吟驚座

杜牧為洛陽分司御史時，久聞司徒李愿家中聲伎極盛。其中名「紫雲」者，更是其中翹楚，色藝冠絕一時。

李愿家中設宴，一時洛中名士都應邀赴宴。只有杜牧因爲是掌管風憲，負彈劾糾舉之責的御史，不敢請他。杜牧不甘冷落，託人示意，希望參加。李愿無可奈何，只好奉上請帖。

杜牧到會，自顧自的倒了三杯酒。先喝了一杯，左顧右盼，見場中歌姬上百人，都十分出色。問李愿：「那一個是紫雲？」

李愿指給他看。他上下打量了半晌，點頭道：「名不虛傳！應該把她送給我！」

李愿不禁俯首而笑。歌姬們也紛紛回頭對著他笑。他拿起杯來又喝了一杯，朗聲吟道：

華堂今日綺筵開，誰喚分司御史來？忽發狂言驚四座，兩行紅粉一時回。

杜牧的詩集中，這一類放浪行骸，詩酒風流的詩固然不少。但在他整個生命中，只能算是點綴。若只以「風流才子」看杜牧，可眞是小看他了。

自許豪傑，不矜細行

倚紅偎翠，放誕狂吟，是杜牧不矜細行的一部分而已。《新唐書．杜牧傳》：「牧剛直有奇節，不為齷齪小謹。敢列論大事，指陳病利尤至。」

政治場上，杜牧雖不算得意。他的才具見解，卻能使水火不容的牛、李兩黨領袖：牛僧孺、李德裕，都對他另眼相看。

牛僧孺是在他進士及第後，便賞識他的才華，曾聘他入幕掌書記，倚重呵護備至。李德裕則對他軍事上的見解，極爲欣賞。並用了他的策略，平了劉稹抗命引起的內亂。

但是，晚唐宦官把持朝政，牛李黨相互傾軋，使政亂國危。甚至發生「甘露之變」；宰相欲除宦官不成，反而被宦官所殺。連暗中支持宰相的文宗皇帝都被宦官軟禁了。朝廷之上，人人自危。這種無力感，從他的〈將赴吳興登樂遊原〉一詩中，可以感受。

> 清時有味是無能，閒愛孤雲靜愛僧。欲把一麾江海去，樂遊原上望昭陵。

昭陵，是唐太宗的陵墓。唐太宗在位時，是大唐最強盛的時代。在這首詩的「望昭陵」中，他寄託了多少感嘆興衰的悲慨？

而他的「詠史」詩獨多，也是「無力感」的寄託吧？如〈赤壁〉：

> 折戟沉沙鐵未銷，自將磨洗認前朝。東風不與周郎便，銅雀春深鎖二喬。

另一首名詩〈泊秦淮〉，也讓人讀出他的寄託遙深。

煙籠寒水月籠沙，夜泊秦淮近酒家。商女不知亡國恨，隔江猶唱後庭花！

誰能說杜牧只是個「浪子詩人」？

白駒夢，裂甑兆

五十歲那年，杜牧在夢中，聽到有人告訴他：「你的名已應畢！」又夢見自己寫《詩經》中「皎皎白駒」四字。他想起「人生倏忽，如白駒之過隙」的句子。自認是自己大限已至的夢兆。

正想著這件事，家中的瓦製飯鍋，忽然裂開了。杜牧自言自語：「此兆不祥！」便著手安排自己的後事。爲自己寫了「墓誌銘」，又把自己以前寫的文章，搜集一處，一把火燒掉。不久之後，他果然就去世了。

唐代詩人中，姓「杜」的不少。杜審言是初唐詩人。盛唐的杜甫，更是唐代詩壇中的巨星。再加上杜牧，也是一代人傑！後人爲了分別，便稱杜甫爲「老杜」，杜牧爲「小杜」。

專門幫人作弊的人才——溫庭筠——

文不類其人

溫庭筠，本名岐，字飛卿，晚唐時代的太原（今山西太原）人。

讀溫庭筠的作品，尤其是詞，所得的第一個印象，就是「美」！那種精雕細鏤的精豔絕倫，不論欣不欣賞這種唯美風格，都不能不嘆服於一「美」字。

如果，以他的詞去推想他的人，那可就要大失所望了。他有個外號，叫「溫鍾馗」；傳說中擅長「抓鬼」的鍾馗，相貌奇醜！溫庭筠有此外號，可想而知其人「貌寢」（醜陋），絕不會是「翩翩濁世佳公子」的「俊男」。但「人不可貌相」，他雖面貌醜陋如鍾馗，卻是錦心繡口，文采斐然之士呢！

溫八叉

溫庭筠是天才型的文人。少年時代，便才華出眾，敏悟過人，能下筆萬言。又妙解音律，擅長鼓琴吹笛。自稱：「有弦即彈，有孔即吹，何必爨桐與柯亭也！」可見其自負，和率性不拘小節的個性。

唐朝文人若想出人頭地，一定要參加科考。循正途，能得個「進士」出身，立時身價百倍。溫庭筠素負捷才，作詩、作文從不打草稿。只要把手交叉八次，就可以作出一首八韻詩來。因此有「溫八叉」之名。

照說，如此高才，考進士，豈不是如「探囊取物」般的容易了？他卻屢試不第。原因不是他的文章不好，而是他在考場中不守規矩；專愛替鄰鋪做槍手，替人作文。有「無行」之名，令主試者厭惡。

有一次考試，侍郎沈詢爲主試，知道他愛玩花樣，特別把他召至簾下最靠近監考官的位子，以防他幫人作弊。到黃昏的時候，別人紛紛點上蠟燭繼續寫，他卻率先交卷出場了。就在這種情況下，他仍交出了千餘字的長文。別人問他：「你這下可沒辦法替人當槍手了吧？」

溫庭筠哈哈大笑，得意的說：「幫了八個人！」

《舊唐書》他的本傳說他：「苦心硯席，尤長詩賦，初至京師，人士翕然推重。然士行塵雜，不修邊幅；能逐絃吹之音，為側豔之詞。」

倒是非常「寫實」。

傲慢公卿

溫庭筠初至京師時，是頗受士林推重的。當時的宰相令狐綯，就十分賞識他的文才。請他在相府中作客，待遇十分優渥。

唐宣宗非常喜歡當時新流行的曲子「菩薩蠻」。令狐綯不擅填詞，溫庭筠卻是此道高手。令狐綯便拿了溫庭筠的〈菩薩蠻〉，當自己作的，獻給皇帝邀寵。爲恐洩露，再三叮囑溫庭筠守密。溫庭筠卻不聽他的話，到處跟人說，使令狐綯十分難堪不悅。

唐宣宗大中年間，宣宗作了一首詩，裡面用了「金步搖」一詞，卻無法找到可以「對仗」的句子，讓令狐綯來對。令狐綯也對不出來。結果，還是請教溫庭筠，才幫他對出「玉條脫」。

「步搖」是古代婦女的一種首飾，上方是插在髮髻上的髮釵，下面則纍纍垂掛著金珠玉飾。在女子走動的時候，這些垂懸的珠玉，就會隨步行而搖曳，所以名「步搖」。「金步搖」，是以金爲材質的步搖。「條脫」，則是古代的一種飾物，類似臂環、手鐲之類，套在手臂上的飾物。「玉條脫」，是以玉爲材質的「條脫」，以「玉」對「金」，以「條脫」對「步搖」，眞是天衣無縫！使宣宗非常讚賞。

令狐綯不知道「玉條脫」的出處，就向溫庭筠詢問。溫庭筠很輕蔑的說：「出於《南華經》（《莊子》）！這又不是什麼冷僻的書，相公處理政事之餘，也該多讀讀書吧！」

弄得令狐綯當場下不了台。這還不說，他還向別人諷刺令狐綯，說：「眞是『中書省內坐將軍』！」

意思是說，令狐綯根本「不學無術」。就像武官一樣粗魯不文，卻當上了宰相，坐於「中書省」中。

令狐綯對他的譏刺忍無可忍，便冷落疏遠了他。他自覺無趣，也只有離開相府。感傷的作詩：「因知此恨人多積，悔讀南華第二篇。」

意思是說，若他不讀《南華經》，不知道「玉條脫」的出處，就不至於得罪令狐綯了。

得罪皇帝

徐商鎭守襄陽，用溫庭筠爲巡官，官卑職小。他不得志之餘，漫遊江東。後來又回到京師，參加考試，希望補官。

一天，宣宗微服出遊，在傳舍遇到正等補官的溫庭筠。溫庭筠不知道遇到的是皇帝，傲慢的上下打量宣宗。問：「你大概是司馬、長史之類吧？」

宣宗搖頭。他又說：「那，莫非是文參、簿尉之類？」

「也不是。」

宣宗回宮，想起這個人的無禮，心中不悅。就把這個傲慢無禮的傢伙，貶爲方城尉。

中書舍人裴坦負責草詔，遲疑了半天，才下筆：「孔門以德行居先，文章為末。爾既早隨計吏，宿負雄名，徒誇不羈之才，罕有適時之用。放騷人於湘浦，移賈誼於長沙。尚有前席之期，未爽抽毫之思。」

把他比爲屈原、賈誼。一方面鼓勵他，一方面也安慰他。

他臨上任，長安文士，紛紛餞行，賦詩相送。其中以紀唐夫的一聯，最爲人稱道：「鳳凰詔下雖霑命，鸚鵡才高卻累身。」

把他比恃才傲物，致召殺身之禍的禰衡。其中警惕之意，十分濃厚。

後來，徐商拜相，引用他爲國子助教。到徐商下臺，他也只能離職，流落江湖，鬱鬱而終。

文章留待後世評

溫庭筠是晚唐重要的詩人兼詞人。詩與李商隱齊名，稱「溫李」，詞與韋莊齊名，稱「溫韋」。上結「唐詩」，下啓「宋詞」，他都處於關鍵地位。尤其在詞壇上，更有「花間鼻祖」之稱。

在後人的評價上，高低卻頗參差。高者，如陳廷焯的《白雨齋詞話》：「飛卿詞全祖離騷，所以獨絕千古。」

是把他比屈原，且認爲他詞中亦如離騷，有所寄託，所謂香草美人，以託喻忠愛。李冰若《栩莊漫記》則不以爲然：「飛卿為人，具詳舊史。綜觀其詩詞，亦不過一失意文人而已。寧有悲天憫人之懷抱，何足以仰企屈子？」

雖如此，卻也肯定溫庭筠的成就：「溫詞精麗處自足千古，不賴託庇於風騷而始尊。」王國維《人間詞話》：「『畫屏金鷓鴣』，飛卿語也，其詞品似之。」又稱：「溫飛卿之詞，句秀也。」

試選他的〈菩薩蠻〉兩首：

小山重疊金明滅，鬢雲欲度香腮雪。懶起畫蛾眉，弄妝梳洗遲。照花前後鏡，花面交相映。新帖繡羅襦，雙雙金鷓鴣。

水精簾裡玻璃枕，暖香惹夢鴛鴦錦。江上柳如煙，雁飛殘月天。藕絲秋色淺，人勝參差剪。雙鬢隔香紅，玉釵頭上風。

「句秀」，堪稱溫庭筠的千古定論。

後代應難繼此才——羅隱——

我未成名君未嫁

羅隱，字昭諫，是晚唐時的錢塘（今浙江杭州）人氏。少年時代就英敏秀傑，才華出眾。乾符年間，以鄉貢入京應舉，經過鍾陵，遇見一位長得嬌小玲瓏的歌妓，名叫雲英。雲英才思敏捷，歌喉宛轉，頗令羅隱心動。但他只是一介寒士，不敢妄想。雖彼此欣賞，卻也不能有什麼結果。

一則，是他才高命蹇；唐代科考制度並不健全。唐德宗曾下詔，每次進士錄取，不得超過二十人。而參加考試的舉子，數以千計。「知貢舉」的考官，常有許多人情要應付。名額往往得保留給權貴所推薦的舉子，或名重一時的文士。所餘名額極少，金榜題名，眞是談何容易！二則，羅隱性情偏激，遇到什麼看不順眼的，就忍不住出口訕謗譏刺。這樣的「惡名在外」，因此「十舉不第」；考了十次都沒考上！

他和雲英一別十幾年不見，有一次，又過鍾陵，聽到有人唱歌，甚是耳熟。仔細一看，竟是當年令他傾心的雲英。雲英見他還是平民裝束，感嘆地說：「羅秀才，你還沒有脫去秀才的白衣呀？」

「雲英，沒想到，你也還沒有從良。」

兩人淒然相對，感傷不已。羅隱當即寫了一首詩，送給他這位年華老去的紅塵知己：

鍾陵醉別十餘春，重見雲英掌上身，我未成名君未嫁，可能俱是不如人。

他的一生不第，可說就害在他「不留口德」上。既有此「惡名」在外，人家一聽有什麼訕謗之詞，不管是不是他說的，都算到他的頭上。一個人，在操守上有了瑕疵，不得意，又能怪誰呢？

教我如何再想他

唐代舉子，爲了獲得權貴的欣賞和推薦，有向權貴投遞詩文，以展露文才的風氣。運氣好的，獲得了權貴的欣賞提拔，成名（中舉）就有希望了，這種投卷的做法，稱爲「溫卷」。許多流傳到現代的唐代詩文、傳奇，都是這種「溫卷」風氣下的產物。

羅隱生在當時，當然也不例外，不能免俗的要「溫卷」。一次，他投詩給相國鄭畋。鄭畋有一個美麗而且喜愛讀詩的女兒，讀了羅隱的詩，非常喜歡。竟然因而精神恍惚，彷彿得了相思病。

鄭畋疼愛女兒，特別接見了羅隱，讓羅隱喜出望外，以爲鄭畋欣賞他的才學。他到訪的時候，鄭小姐聽說羅隱來了，非常高興，扶病而起，躲在簾後偷看。這一看，大失所望；原來她以爲能寫出這樣美麗詩句的才子，必然「貌如潘安」般的俊美。一見之下，才發現羅隱相貌奇醜，又迂腐不堪，從此再也不想他，「相思病」也霍然而癒了。

故鄉士親人亦親

他一再落第，無奈，只好回故鄉錢塘。那時，鎮守錢塘的，是後來的吳越王錢鏐。羅隱一方面心高氣傲，一方面又怕錢鏐也因他的名聲太壞，而不肯容納他。於是在見錢鏐之前，先投詩文，第一首〈夏口詩〉，就寫了這樣兩句：「一箇禰衡容不得，思量黃祖慢英雄。」他以三國狂士禰衡自比，問錢鏐有沒有容人之量，還是像黃祖一樣，因不能容禰衡，而貽怠慢英雄之譏。

錢鏐看了大笑，知道羅隱實在有才，但也是個心高氣傲的狂士；想投在他幕下，又好面子。就命人給羅隱送了一份讓他面子十足的「聘書」；聘書中的兩句話，拘得羅隱乖乖就範，他寫的是：「仲宣遠託劉荊州，都緣亂世；夫子辟為魯司寇，只為故鄉。」

意思是說，三國時，王粲之所以遠依劉表，不是劉表有什麼了不起。只是身逢亂世，不得不然。聖人孔子之所以願意爲魯國「司寇」，也不是爲別的，不過是眷戀故鄉而已。替落魄潦倒還一身傲骨的羅隱找了下台階；不是你沒處去，也不是我有什麼了不起，只是時逢亂世，這兒又是你的故鄉，人不親土親！

羅隱一見，大爲感動，說：「這麼說，我無論如何是不能離開了！」

高高興興接受了錢鏐之聘，成爲錢鏐的得力幕僚。

哭窮與歌頌

朝廷拜錢鏐爲「鎭海節度使」，照例，應上表給皇帝謝恩。錢鏐命沈崧草擬謝表，沈崧寫好了，拿給羅隱看。羅隱看沈崧在謝表中一再稱美浙西地方的富庶豐饒，直搖頭。對錢鏐與沈崧說：「浙西雖本是富饒的地方，但，連年兵禍連結，如今已很拮据了。而朝廷那些貪官污吏，正愁沒處伸手要錢。你這謝表一去，不正給了他們勒索的藉口嗎？」

錢鏐一聽有理，就請他重寫。羅隱寫得淒涼萬狀。其中有兩句：「天寒而麋鹿常遊，日暮而羊牛不下。」形容浙西荒涼到：冬天野生的麋鹿到處跑，農家窮到連牛羊一類的家畜都看不見了。他這謝表，送到了朝廷，朝官一看就知道：「這是羅隱寫的！」

唐昭宗本名李傑，後改名李曄。照例，官員又該上表「稱賀」，對這個新名字恭維一番。羅隱負責寫賀表，寫了這麼兩句：「右則虞舜之全文，左則姬昌之半字。」

因爲「曄」左邊的「日」，是「昌」的一半。姬昌是賢君周文王的姓名。而大舜名「重華」，正是曄的右半邊；歌功頌德到「肉麻」的地步。其實，當時唐朝已山窮水盡，頻臨危亡了；唐昭宗是唐朝倒數第二個皇帝！以羅隱的個性來說，恐怕其中不免帶著挖苦諷刺的成份吧？朝廷接到此表，知道是羅隱寫的，還稱揚他是天下「第一才子」。想當年，他曾參加十次科考，都不曾得中「進士」。這「第一才子」之名，對當年那些「有眼無珠」的官員，豈不是絕大的諷刺！

羅隱以喜愛譏嘲訕謗出名，人皆不敢用。錢鏐卻重用了他，還眞是「知人善任」，大佔便宜！

惺惺相惜

錢鏐建官署，隔一百步，立一敵樓。十分自得的誇耀：「這眞稱得上固若金湯！」

羅隱一邊冷笑：「以我看，敵樓對外不如對內！」

當時的人都不明白他的意思。直到發生內部兵變，才嘆服他的先見之明。錢鏐因此更器重他了。他生病，錢鏐親自探視，在壁上題詩：「黃河信有澄清日，後代應難繼此才。」羅隱續寫了兩句：「門外旌旗屯虎豹，壁間章句動風雷。」

兩人之間，惺惺相惜如此！

在墓穴裡宴客的奇人——司空圖——

新舊《唐書》各頌揚

司空圖，字表聖，號「耐辱居士」。是唐朝末代河中虞鄉人（今山西永濟）。他的《詩品》，是喜愛中國古典文學的人，必讀的文學理論之一。在詩的創作上，他固然小有名氣。但成就與名聲遠不及《詩品》來得高。

他在《詩品》中，將「詩」以風格分爲二十四類：雄渾、沖淡、纖穠、沉著、高古、典雅、洗鍊、勁健、綺麗、自然、含蓄、豪放、精神、縝密、峌野、清奇、委曲、實境、悲慨、形容、超詣、飄逸、曠達、流動。

而以二十四首「四言詩」，來描寫這些不同的分類。如：

〈典雅〉

玉壺買春，賞雨茆屋。坐中佳士，左右修竹。白雲初晴，幽鳥相逐。眠琴綠蔭，上有飛瀑。落花無言，人淡如菊。書之歲華，其曰可讀。

〈含蓄〉

不著一字，盡得風流。語不涉己，若不堪憂。是有真宰，與之沉浮。如淥滿酒，花時返秋。悠悠空塵，忽忽海漚。淺深聚散，萬取一收。

以詩「品」詩，文字之美，已令人心醉。

這樣一位詩人兼詩論家，想當然耳，他的傳應列入〈文苑傳〉。的確，《舊唐書》的〈文苑傳〉中有他的名字。但《新唐書》中，他的傳，卻不在〈文苑傳〉，而列於〈卓行傳〉。究其原因，是他的人品高潔，身處亂世，卻能出汙泥而不染。能堅守「富貴不能淫，貧賤不能移，威武不能屈」的操守。

不以貴賤易交

「政治」給人的感覺是污穢混濁的。而「官場」，更是冷暖炎涼隨時更易的「勢利場」。

司空圖參加科舉考試時，主試者是王凝。他早聽說司空圖是個學行俱佳的讀書人，心中頗爲器重。到試畢放榜，司空圖名列第四。有同榜及第的同年放話誹謗：「司空圖不擇手段，想得第一名！」

王凝聽說了，特別設宴，招待全部門生。公開宣稱：「今年我忝爲主考。對我而言，今年的榜帖，就爲司空表聖先生一人而設！」

此言一出，司空圖文名更盛。他爲了感恩，便自願追隨王凝爲幕僚。王凝爲宣歙觀察使，他隨之上任。不久，他被召爲殿中侍御使。因爲捨不得離開恩師，沒有及時上任。被彈劾貶爲主簿，分司東都。

乾符六年，宰相盧augmented罷相。以太子賓客的「閒官」，分司東都。從青雲跌落之後，原本奉承巴結他的人，都露出了另一副嘴臉，使他飽嘗了「世態炎涼」的滋味。當他在位的時候，那些競相奔走於相府的所謂「朋友」們，奉承的其實是他「宰相」頭銜與權勢的光環。一旦失去了這些，那些心性澆薄，只會因他得志而「錦上添花」，絕不會在他失意時還「雪中送炭」的勢利之交，也就作「鳥獸散」了。只有司空圖，沒有因他已罷相而冷落他，仍與之交遊往還。盧augmented在飽嘗人情冷暖之餘，非常感動。認爲這個人品格高尚，可爲道義之交。

盧augmented有一次去司空圖的住處拜訪，在牆上留下一首詩：

姓氏司空貴，官班御史雄。老夫如且在，未可嘆途窮！

第二年，盧鑿起復回京。向鎮守陝西的同宗盧渥推薦：「司空御史，是位高士，你要好好禮遇他！」

盧渥當天就上奏，以司空圖爲賓佐。盧鑿回京，又參知政事。立即召司空圖爲禮部員外郎，並賜緋魚袋（指緋色官服和魚符袋。唐制：五品以上官員衣緋，佩魚符袋）。不久又遷升他爲本司郎中。這也是他誠以待人的福報吧！

義不從賊

那時，唐的國運，已走到了終局。黃巢造反，兵犯京師，天子蒙塵出走。司空圖官卑職小，跟不上車駕。他弟弟有個奴僕，叫段章，身陷賊中，已被收編，但還是對舊主人很關切。對司空圖說：「我現在的主人張將軍，是個禮賢下士的人。您去見見他吧！不要冤死在亂軍中。」

司空圖不肯。段章再三哭求，他還是不肯從賊。乘機逃到咸陽，退還河中。

數年間，朝廷局面一直不穩定。不時召他爲官，他覺得事不可爲，恪守「邦無道則隱」的原則，以疾病爲由，一再辭謝。即使宣召至京，也不久就懇求放還歸山，不願出仕。

到唐昭宗遷都洛陽，朱溫大權在握，已有篡位的計畫。利用柳璨爲相，宣召舊臣入京，打算一網打盡。司空圖也在被召之列，不敢不到。上朝時，他故意失手，把牙笏墜落地下。

又舉止粗魯，大失朝儀。

柳璨明知他故意裝瘋賣傻，無可奈何。卻也了解：這個人無意於世上功名。只好自己下臺，說司空圖以隱居沽名釣譽，不適合在朝廷任官，放他歸山。

歸隱故園

他家先世有田園廬舍在中條山的王官谷中。遂入山歸隱，韜光養晦。本有一座亭子，名「濯纓亭」，毀於戰火。他重新修築，易名爲「休休亭」。並寫了一篇〈休休亭記〉，說明命名「休休」的原因：

休，休也，美也。既休而具美存焉。蓋量其材一宜休，揣其分二宜休，耄且聵三宜休。又少而惰，長而率，老而迂。是三者皆非濟時之用，又宜休也。

他又自號爲「耐辱居士」，題〈耐辱居士歌〉於東北楹：

咄咄，休休休，莫莫莫。伎倆雖多性靈惡，賴是長教閒處著。休休休，莫莫莫。一局棊，一爐藥。天意時情可料度，白天偏催快活人，黃金難買堪騎鶴。若曰：「爾何能？」答云：「耐辱莫！」

他人雖隱居，心念家國，由他的五言小詩〈秋思〉中，可看出他並不是眞正可以逍遙於世外桃源中，忘了國家朝廷的「自了漢」：

身病時亦危，逢秋多慟哭。風波一搖蕩，天地幾翻覆！

國家不幸何人幸？他心中的苦悶、悲憤，也只有寄託於吟詠中。

壙中宴客

回到故園後，他預先爲自己挖好了墓穴。有朋友來訪，便把酒菜安置在墓穴中，邀朋友坐在墓穴中喝酒吟詩。有些朋友對這做法，不免忌諱，而面有難色。他卻笑他們不夠曠達，看不透人生的短暫。

他歸隱後，和地方父老，打成一片。每逢村社祭祀，鼓舞集會，他都參加，與民同樂。絕不因曾經作官，而搭高人一等的架子。因此，鄉親父老對他也都十分愛戴。

那時，天下大亂，寇盜到處燒殺搶掠。卻相戒不入「王官谷」，因爲：「谷中有賢人」。因此，許多士民百姓，都逃到「王官谷」中避禍。因著他的賢名，活人無數。河中節度使王重榮父子，十分敬重他，逢年過節，一定派使者餽贈禮物，從不中斷。唐亡，哀帝被弒的消息傳到。司空圖憂憤之餘，食不下嚥，嘔血而亡。就他一生爲人行事，《新唐書》把他列入〈卓行傳〉，也是當之無愧的。

數米秤柴的簡樸進士——韋莊——

〈秦婦吟〉秀才

韋莊字端己，京兆杜陵人（今陝西長安）。自幼孤貧，完全靠自己上進，發憤苦學。像這樣的寒門士子，參加科舉考試是唯一入仕途徑。不幸偏碰上了黃巢造反，他身陷危城中，又貧病交迫，瀕臨絕境。

直到三年後，他才逃到洛陽，把親身經歷長安淪陷的情況，假借一個逃出虎口女子的敘述，寫成了一首長詩：〈秦婦吟〉。

講到長詩，很容易讓人想起白居易的〈長恨歌〉、〈琵琶行〉。〈長恨歌〉的長度是八百四十字，〈琵琶行〉是六百一十六字。而〈秦婦吟〉長達一千三百八十六字，幾近於〈長恨歌〉加〈琵琶行〉的總和！

當然，文章也好，詩也好，都不是以「字多」取勝的。韋莊以一介布衣，因〈秦婦吟〉在當代博得「秦婦吟秀才」之名，絕非偶然。他的這首長詩，基本上是一首「史詩」。寫出了黃巢之亂時，帝都長安天翻地覆，鬼哭神嚎的慘狀。尤以「內庫燒成錦繡灰，天街馬踏公卿骨」一聯，使公卿為之震驚。「秦婦吟秀才」之名，不脛而走。

落魄江南

本來就家境貧困，再加上遭逢亂世，無以安居。他只好攜家挈眷，移居越中（今浙江紹興一帶）。弟妹們散居江南各地，他也轉徙於江湖之間，壯志蹉跎。遊蹤遍及大江南北，所到之處，都藉著吟詠，抒發心中的悲愴。有名的〈金陵圖〉，便作於這一階段：

江雨霏霏江草齊，六朝如夢鳥空啼。無情最是臺城柳，依舊煙籠十里堤。

他是一個才華過人，又感情極為豐富的才子。在流浪飄泊中「所至有情」。本來，在男性社會中，像這樣的才子「一生風月，到處煙花」，簡直不算一回事。但在他的詞中，我們仍能感覺，至少他也是眞摯付出的。所以，他的詞也不像同時代《花間集》、《尊前集》中大多的作品，只是花前月下，逢場作戲，沒有眞摯的感情。他的詞，卻令人覺得「其中有人，呼之欲出」，有特定的用情對象。像〈女冠子〉：

四月十七，正是去年今日。別君時，忍淚佯低面，含羞半斂眉。不知魂已斷，空有夢相隨。除卻天邊月，沒人知。

昨夜夜半，枕上分明夢見。語多時，依舊桃花面，頻低柳葉眉。半羞還半喜，欲去又依依。覺來知是夢，不勝悲。

一往情深，直自胸臆流出，韋莊詞之感人在此！後人認爲他這種俊朗直抒的風格，開後世「詞」的豪放一脈，不爲無因。

老年及第

照理說，以韋莊的才華，中進士，入仕途，該是如探囊取物一般容易才是！但，就因家境貧寒，加上生逢亂世，一再耽誤。直到唐昭宗乾寧元年，他才得中進士。那年，他已五十九歲，是白髮皤皤一老人了！更不幸的是：唐朝，也已走到國運衰微，欲振乏力的時候了！

韋莊及第後，被任命爲校書郎。在乾寧三年，首次奉使入蜀。不久，回到京師。到光化三年，他再度入蜀。西川節度使王建十分欣賞他的才華，聘他掌書記。昭宗召他爲起居舍人，王建卻不肯放人，上表留他在蜀。那時，各方節度割據，詔令不行，由此可見。半生流徙江湖的韋莊，終於遇到知音了。卻眞是「大器晚成」；那時，他都已經六十五歲了

結廬浣花溪

杜甫曾經在成都的浣花溪畔，築了一座「浣花草堂」居住。韋莊非常仰慕杜甫，到了成都，便到浣花溪去尋訪杜甫「浣花草堂」舊址。時隔一百多年，草堂早已傾圮。遺址猶在，卻只剩斷砥殘柱而已！韋莊尋到遺址，十分高興。命他的弟弟韋藹，在原址用茅草重築一室居住。也因此，韋藹就把爲哥哥整理的詩集，命名爲《浣花集》。他的詞集，本未命名，也因著詩集之名，被稱爲《浣花詞》了。

也許因爲他出身孤寒，晚年雖做了大官，生活仍儉樸得近於吝嗇。據《朝野僉載補遺》記載：「數米而炊，秤薪而爨，炙少一臠而覺之。」

煮飯的米要數，柴要秤，燒肉少了一塊都會查覺！這在許多自命豁達的人看來，未免鄙吝可笑。就一生在孤貧亂離中流徙的韋莊而言，卻是其來有自，令人感覺悲憐。

佐「前蜀」開國

唐昭宣帝天祐四年時，曾隨黃巢造反。反正後，受封爲梁，賜名朱全忠的朱溫，廢昭宣帝自立爲皇帝。訂國號爲「梁」，歷史進入了「五代」。唐朝至此，已然亡國了。

朱溫篡唐後，派人到蜀去宣諭王建，希望王建輸誠臣服於他。也受唐室封爲「蜀王」，本與朱溫一殿爲臣，平起平坐的王建，豈肯臣服？反正「皇帝」已被朱溫篡弒，天下無主。乾脆也自立爲皇帝，國號爲「蜀」；史稱「前蜀」。開國的典章制度，全出於韋莊之手。

成爲「蜀」的開國功臣，他受封爲吏部侍郎兼平章事；位同宰相。就仕途際遇論，他眞是如倒吃甘蔗，老而彌佳！

一生惆悵〈菩薩蠻〉

仕途的得意，無補於他心中的亡國之痛與思鄉之情。尤其人到了晚年，回首前塵往事，少年情懷，怎能不滿懷惆悵？韋莊仕蜀，也終老於蜀。卻念念不忘舊遊、舊情，寫下了一系列如「聯篇歌曲」的五闋〈菩薩蠻〉。用極清淡、白描的筆法，寫出極深摯、沉痛的情懷；等於是用一系列「詞」寫的「回憶錄」：

紅樓別夜堪惆悵，香燈半捲流蘇帳。殘月出門時，美人和淚辭。琵琶金翠羽，絃上黃鶯語。勸我早歸家，綠窗人似花！

人人盡說江南好，游人只合江南老；春水碧於天，畫船聽雨眠。壚邊人似月，皓腕凝雙雪。未老莫還鄉，還鄉須斷腸。

如今卻憶江南樂，當時年少春衫薄。騎馬倚斜橋，滿樓紅袖招。翠屏金屈曲，醉入花叢宿。此度見花枝，白頭誓不歸！

勸君今夜須沉醉，樽前莫話明朝事。珍重主人心，酒深情亦深。須愁春漏短，莫訴金杯滿。遇酒且呵呵，人生能幾何？

洛陽城裡春光好，洛陽才子他鄉老。柳暗魏王堤，此時心轉迷。桃花春水淥，水上鴛鴦浴。凝恨對殘暉，憶君君不知。

多少思憶，多少悲涼！故人已渺不可尋，情猶未已。故國，更已亡於一旦。歸鄉，成了永遠難圓的夢。

韋莊以七十五高齡，卒於蜀地。蜀主給他的謚號，是「文靖」。《新唐書》、《舊唐書》都沒有他獨立的傳。《唐才子傳》上，才有他較完整的記載。但，凡是喜愛「詞」的人，不會不知道與溫庭筠並稱「溫韋」的韋莊的。甚至，許多人對韋莊的詞，更爲偏愛。王國維《人間詞話》，以「句秀」評論溫庭筠，以「骨秀」評論韋莊。雖說是論其詞風，豈不也在二人中分出了高下嗎？

問君能有幾多愁

——李璟、李煜——

更姓，改名

南唐二主姓李，盡人皆知。但李氏南唐開國之初，第一任皇帝是姓「徐」的。即位三年後才改姓「李」。原來南唐始祖是吳王楊行密手下大將徐溫的義子，從義父姓徐，名知誥。後來才復姓歸宗。

中主李璟，原名景通，字伯玉。到父親即位，封爲吳王，才改名爲「璟」。後主李煜，也非原名。他本名從嘉，爲中主第六子。太子本爲他的長兄弘冀。弘冀不幸早亡。因而立他爲太子。他繼位後，才改名煜，字重光。

李氏父子，都好讀書。喜音律，工詩詞，篤友愛，淵博閒雅。可是，卻不是具有政治才幹的明君。李煜尤其個性怯懦，終導致亡國之禍。

君臣雅謔

五代，中原大亂，文風薈萃於西蜀、南唐。如韓熙載、徐鉉、馮延巳都以文才見賞而受重用。君臣之間，水乳交融。其中最有名的一則故事：

馮延巳作小詞〈謁金門〉：「風乍起，吹縐一池春水。閒引鴛鴦芳徑裡，手挼紅杏蕊。鬥鴨闌干獨倚，碧玉搔頭斜墜。終日望君君不至，舉頭聞鵲喜。」中主讀了前兩句，戲問：「吹縐一池春水，干卿底事？」馮延回奏道：「自然是比不上陛下『細雨夢回雞塞遠，小樓吹徹玉笙寒』的！」

中主李璟有一首〈攤破浣溪沙〉：

菡萏香銷翠葉殘，西風愁起綠波間。還與韶光共憔悴，不堪看。
細雨夢回雞塞遠，小樓吹徹玉笙寒。多少淚珠何限恨，倚闌干。

而馮延巳所舉的，正是其中膾炙人口的名句。中主自己亦頗自矜，當然聞言大悅。
李璟自幼能文，十歲時，曾詠〈新竹詩〉，有「棲鳳枝梢猶軟弱，化龍形狀已依稀」之句，倒頗似南唐國運。

大小周后姊妹花

李後主是位既純情又多情的詞人皇帝，用情的態度，頗似《紅樓夢》中的多情種子賈寶玉；既愛昭惠周后，又與周后之妹偷情。在他的詞作中，有許多都是爲這一對姐妹花寫的。像爲大周后寫的〈玉樓春〉：

晚妝初了明肌雪，春殿嬪娥魚貫列。鳳簫聲斷水雲閒，重按霓裳歌遍徹。
臨風誰更飄香屑，醉拍欄干情味切。歸時休放燭花紅，待踏馬蹄清夜月。

在與小姨妹偷情時，則作了〈菩薩蠻〉：

花明月黯飛輕霧，今宵好向郎邊去。剗襪步香階，手提金縷鞋。
畫堂南畔見，一向偎人顫。奴為出來難，教君恣意憐。

留下了一段風流佳話。在昭惠后亡故後，更立姨妹爲后，史稱大、小周后。
大、小周后都是聰穎敏慧，富於才藝的女子，與浪漫多情的李後主相得益彰。終日沉湎於詩書翰墨、輕歌曼舞的生活情趣中。
大周后精於音律，曾舉杯邀後主起舞助興。後主提出條件：「你要另創新聲才行。」
大周后立索紙筆，綴譜作〈邀醉舞破〉、〈恨來遲破〉。又曾得霓裳殘譜，以琵琶奏之，使〈霓裳羽衣曲〉重現人間，可知其音樂造詣之高。

他與小周后，又另有一番溫柔旖旎的情致。曾在梅花林中，設僅容二人的紅羅小亭，與小周后促膝亭中，吟詩塡詞，這又是何等風致！

在他的前半生，可說是把人間的清福、豔福都享盡了。這些生活情致，在他前半生的詞作如中流露無遺，只看前半生，那眞是令人羨煞！

因懦弱亡國

南唐李煜、吳越錢俶，都是五代南方小國，最後也都歸併於宋。但李煜和錢俶兩人的際遇，卻有天壤之別。

兩國對北朝的後周與宋，都稱臣納貢以求苟安。宋太祖爲了考驗這兩國國主誰「聽話」，特別在城南建了「禮賢宅」，同時命錢俶、李煜入京面聖。並表示誰先到，這座宅第就賜給誰。

李煜因曾命七弟從善使宋，被扣留在京師，不令南返，心中憂懼不安。因此不敢北上，只以納貢以求苟安。錢俶則爲避免萬一因拂逆大國，招致武力報復，會令生靈塗炭，毅然北上。並且連同王妃、世子一起帶去。

宋太祖對錢俶的做法，十分喜悅。認爲這表示他「心無異志」，因而坦然無懼。也因此，對李煜更不諒解。偏偏李煜手足情深，又上表請求放他弟弟回國，使宋太祖對他更爲疑忌；他不知道，李煜之抗命，實在不是什麼心存異志，而是懦弱膽小。一怒，命曹彬南征，南唐因此亡國。

揮淚對宮娥

李煜不僅是純情、多情的人，心性簡直如赤子一般天眞爛漫。他迷信佛教，認爲長江天險，加上佛祖保佑，就可保南唐無事。再加上臣下欺瞞，不把危急的軍情相告。以致他在曹彬渡江時，還在佛院聽經說禪。偶然登城，只見旌旗遍野，才知道他一直認爲不可飛渡的「長江天險」，因造了浮橋，而暢通無阻；宋師已兵臨城下了！

及至此時，他才恍然了悟：亡國已成定局。本想自焚，又因猶豫不決，爲臣下所阻。最後只有肉袒（打赤膊；在古代是極卑屈輕賤的行爲）出降，結束了他溫柔富貴的前半生。

曹彬看到他的怯懦，爲之啼笑皆非。倒有些同情，勸他把宮中財寶厚裝北上。否則，北上之後，以亡國降虜，他會無以爲生。臨行，他寫下了〈破陣子〉：

四十年來家國，三千里地山河。鳳閣龍樓連霄漢，玉樹瓊枝作煙羅，幾曾識干戈？

一旦歸為臣虜，沈腰潘鬢銷磨。最是倉惶辭廟日。教坊猶奏別離歌，揮淚對宮娥！

其中「揮淚對宮娥」一句，使後世道學家大爲不滿。認爲他因亡國而辭別祖廟，應該下詔罪己，揮淚別臣民百姓才對。他卻「揮淚對官娥」，還形諸文字！卻不知道，這才是李煜的眞性情！對他而言，臣民又那有每天相處的宮娥親切有情呢？

以淚洗面

到達汴京，以紗帽白衣謁宋太祖。宋太祖封他爲「違命侯」以示羞辱。又在命他詠扇，他答：「揖讓月在手，動搖風滿懷」時，故意反問：「滿懷風是多少？」來刁難他，嘲諷他爲「翰林學士」。至此李煜詞風有了一百八十度的轉變。亡國之痛，如杜鵑啼血，吐爲悲音。

太宗即位，改封他爲隴西郡公。由「侯」升爲「公」，從爵位來看，似乎改善了待遇。實則太宗比太祖更加狠辣！藉詞召小周后入宮拜見太后與皇后，一留數日不放她回府。回來之後，她對李煜痛哭怒罵，其中情節可想而知，而李煜不敢問。不能庇護愛妻，致令受辱，對他來說，又是何等的屈辱痛苦！

在這段時日中，他的詞，充滿了悲苦之情，與對故國的思憶。像〈浪淘沙〉：

簾外雨潺潺，春意闌珊。羅衾不耐五更寒，夢裡不知身是客，一晌貪歡。獨自莫憑闌，無限江山。別時容易見時難，流水落花春去也，天上人間。

太平興國三年的七夕，是李後主四十二歲生日。他召舊宮人在賜第作樂，寫下了〈虞美人〉：

春花秋月何時了，往事知多少？小樓昨夜又東風，故國不堪回首月明中。雕欄玉砌應猶在，只是朱顏改。問君能有幾多愁，恰似一江春水向東流！

這些「心聲」更犯了亡國之君「不該思念故國」的大忌。太宗大怒，賜牽機毒殺。這種藥，非常殘忍的是：會把人折磨到首足反接如車輪，才得斷氣。也就是連死都不肯讓他好好死。他死後不久，小周后也因傷心過度而死。

他後期的作品如〈望江南〉、〈相見歡〉、〈浪淘沙〉、〈虞美人〉，都如王國維云，是「以血書者」。悲哀沉痛，動人心腑。

在政治上，後主李煜可說是個失敗得徹底的「亡國之君」。但在文學，卻如沈去矜云：「不失為南面王」！

國家圖書館出版品預行編目資料

漫漫古典情 4：文人的那些事 / 樸月著 . -- 初版 . -- 臺中市 : 好讀 , 2019.6　面；　公分 . -- (經典智慧 ; 64)

ISBN 978-986-178-492-2(平裝)

831　　108007470

好讀出版

經典智慧 64

漫漫古典情 4：文人的那些事【春秋至五代】

填寫線上讀者回函
獲得更多好讀資訊

作　　者／樸月
總 編 輯／鄧茵茵
文字編輯／莊銘桓
行銷企劃／劉恩綺
發 行 所／好讀出版有限公司
台中市 407 西屯區工業 30 路 1 號
台中市 407 西屯區大有街 13 號（編輯部）
TEL:04-23157795 FAX:04-23144188　http://howdo.morningstar.com.tw
（如對本書編輯或內容有意見，請來電或上網告訴我們）
法律顧問 陳思成律師

總經銷／知己圖書股份有限公司
106 台北市大安區辛亥路一段 30 號 9 樓
TEL：02-23672044　23672047 FAX：02-23635741
407 台中市西屯區工業 30 路 1 號 1 樓
TEL：04-23595819 FAX：04-23595493
E-mail：service@morningstar.com.tw
網路書店 http://www.morningstar.com.tw
讀者專線：04-23595819 # 230
郵政劃撥：15060393（知己圖書股份有限公司）
印刷／上好印刷股份有限公司

初版／西元 2019 年 6 月 15 日
定價：250 元
如有破損或裝訂錯誤，請寄回知己圖書更換

Published by How-Do Publishing Co., Ltd.
2019 Printed in Taiwan

ISBN 978-986-178-492-2